世界少年经典文学丛书

# 大自然的灵魂

[法]米什莱　著

刘振鹏　编译

中国出版集团　现代出版社

**图书在版编目(CIP)数据**

大自然的灵魂／(法)米什莱(Michelet, J.)著；刘振鹏编译.
—北京：现代出版社，2013.2 （2025.1重印）
ISBN 978 - 7 - 5143 - 1340 - 6

Ⅰ．①大… Ⅱ．①米… ②刘… Ⅲ．①散文集－法国－近代
Ⅳ．①I565.64

中国版本图书馆 CIP 数据核字（2013）第 021760 号

| | |
|---|---|
| **作 者** | 米什莱 |
| **责任编辑** | 刘春荣 |
| **出版发行** | 现代出版社 |
| **通讯地址** | 北京市安定门外安华里 504 号 |
| **邮政编码** | 100011 |
| **电 话** | 010 - 64267325　64245264（传真） |
| **网 址** | www.xdcbs.com |
| **电子邮箱** | xiandai@ cnpitc. com. cn |
| **印 刷** | 三河市嵩川印刷有限公司 |
| **开 本** | 700mm×1000mm 1/16 |
| **印 张** | 9 |
| **版 次** | 2013 年 2 月第 1 版　2025年 1 月第 4 次印刷 |
| **书 号** | ISBN 978 - 7 - 5143 - 1340 - 6 |
| **定 价** | 39.80 元 |

# 序　言

　　孩子是未来的希望，是父母心中的天使，是充满快乐的精灵。小学阶段更是孩子最快乐的时光，是孩子成长发育的黄金阶段。为了让孩子学习更多的课外知识，享受更加丰富的学习乐趣，我们策划了本丛书！

　　从小让孩子多读课外书，对培养孩子健康的心态和正确的人生观无疑将起着非常重要的作用。自《语文课程标准》公布以来，不少富有敬业精神、有才干的教师，在他们的教学中，担当起阅读教育的重担。他们在严谨的选材中，利用丰富的文学资源，向学生推荐了大量优秀的课外读物，实施了以"练成阅读和作文的熟练技能"为重要内容的阅读教育。大千世界充满了丰富的知识。阅读能丰富小学生的语文知识，增强阅读能力，提高写作水平，开阔视野，增长智慧。阅读本丛书，能够使孩子享受到阅读的快乐，激发起更浓厚的阅读兴趣，孩子的生活将充满新的活力与幸福！本丛书精选了世界名著和中国经典书目中流传最广、影响最大、最脍炙人口的作品，是培养小学生理解能力、记忆能力、创造能力的最佳课外读物。

　　最后需要指出的是，本丛书把世界上流传甚广的经典童话、寓言等也尽收其中，并将这些文学作品重新编写审订，使作品在不影响原著的基础上更适合少年儿童阅读，在丰富他们课余生活的同时提高语言和文字表达能力。本丛书通过科学简明的体例、丰富精美的图片等有机结合，使小读者不仅能直观地领略作品的精髓，而且还能获得更为广阔的文化视野和愉快体验。希望本丛书能成为孩子生活的一缕阳光照亮孩子前进的道路，能成为一丝雨露滋润孩子纯净的心灵。

编　者

# 目　录

# 献给米什莱夫人

我将你的东西回赠给你：

《鸟儿》

《昆虫》

《大海》

这三本书是我们家庭夜晚倾情谈话的产物。

完全是受你启迪写成的，没有你，我还会一直在我的耕田上，沿着人类历史的崎岖道路走下去。

完全是你酝酿准备的，我从你手中接过这大自然的果实。

也是你为之喝彩的，你将祝福它们的灿烂之花放到终点。

儒勒·米什莱

# 我是如何研究起自然的（代序）

我今天出版的都是家庭读书。这本书，如果能称为书的话，是在我们茶余饭后、冬季阅读、夏天交谈的过程中，慢慢成形的。

两个勤劳的人，在一天工作之余，水到渠成要把收获放在一起，通过这夜晚末了的晚餐来恢复气力。

难道可以说，我们就需要别的勤劳者了吗？如果没有的话，就未免太不公平了。住在我们房檐下的燕子天天相遇，都参加了交谈。家养的红喉鸟在我周围盘旋，也投进了动听的音符，有时夜莺举行隆重的聚会，暂时打断我们的交流。

岁月沉重，生活、工作亦然，我们时代经历了坎坎坷坷，我们生活的知识界支离破碎，还没有什么来更换。历史通过艰苦的劳作，把教育视为打发时间，这种教育就是友爱。劳作的间歇则是安静。如果不是向大自然，那又该向谁寻求休憩振励精神呢？

强大的 18 世纪背负千年的战争，在歇息时就躺在贝尔纳丹·德·圣比埃尔的美丽而温馨的书上（尽管科学含量不高）。书的结尾引用了拉蒙催人泪下的话："在大自然的怀抱里涕泪涟涟，有多少遗憾不能挽回啊！……"

我们尽管也有所丢失，但仍有所求，而不是独自流泪，也不是安抚可怜的心灵。我们要寻求一种动力，以便往前行进，找寻一眼永不枯竭的泉水、一股新的力量和一双高飞的翅膀！

这样的作品，即使是哪一部，应像任何诞生的生物那样，至少具有创意。它是在温暖的环境中慢慢形成的，而且正是基于两种不同的规则，才融合成为一个完美的整体。

两种原则孵化它，一种可以说生于自然，始终保留其纯纯的味道。另一种则阻遏在人类历史的艰苦道路上，始终处于断绝自然营养的境地，因而更像大自然。

历史绝不会放掉任何人。谁只要饮用这杯苦酒，就要一直喝到逝世。

即使在艰难的岁月里，我也从没走开过。我写九三年，终日执行这最后的职责，走在荆棘中。晚上则和生物学家或旅行家温和的交流。我聆听并赞赏，至少原谅了这些，但我还无法，走出困扰，总不肯将我的忧虑和担心掺进这片纯净的生活中。

我并不是对这些勇敢的人的伟大传说不动心，他们的工作和旅行做出了巨大贡献。我在历史中讲述祖国的伟大民众，同全人类是近亲。

至于我自己，早在自然科学中，就衷心地赞扬了法国大革命；那是拉马克和若弗瓦·圣蒂莱尔的时代，他们在方法上极富成效，给大自然增添了巨大活力。我又在他们合法的后代身上，在世袭他们精神才能的孩子身上找到他们的身影，会是特别开心的啊！

起初要举出《鸟世界》的作者，他不仅讨人喜欢又很特别，如果不是最为幽默的，也早就应该称为最有实力的一位博物学家。这一点我还要不止一次地强调，不过，在本书一开头，我就迫不急待将第一份敬意献给一个非常崇高的观察家。那位观察家在亲眼目睹方面，同威尔逊或奥杜邦一样严肃，一样专业。

他却自我诬蔑，说是在这部美好的书中，"他只找个借口谈论人"。但事实足以证明，除了对比之外，他喜爱并观察鸟本身。正因为如此，他记述了鸟的生动的生活、有力而深刻的拟人化形象。在图斯奈勒的书下，鸟儿都成为了一个人，并永远是一个人了。

然而，大家要阅览的这本书，比起这位专业大师的书来，是从不同的方面出发的。

绝不是对立的观点，而是相辅相成的。

本书尽量做到只以鸟论鸟，避免对比人。除了两章之外，全书写法就似乎世上只有鸟，从来没有人。

人！我们在现实中遇见的机会已经够多了。在这里则不同，我们需要一个离开人世的理由，那就是古代的孤寂和荒漠。

人没有鸟无法存活，唯独鸟使人不至于遭到昆虫和爬行动物的侵害，但是，鸟没有人却能生存。

不管什么地方，鹰照样高居于阿尔卑斯山的顶峰。燕子每年也照样南北迁徙。军舰鸟没有人观察，还照样飞旋在平静的大洋上。夜莺在树上，不必把人作为观众，会更自然，照样可以唱绝妙的赞歌。为谁唱呢？为它所爱的，为它可爱的孩子，为树林，总之，也为它自己，它本身就是最热心的观众。

本书和图斯奈勒的书有所不同：图斯奈勒再怎么"和谐"，又是随和的傅立叶的弟子，但他从没丧失猎人的特点。这个洛林人尚武的精神，无时无刻不表现出来。

本书则大不相同，是一本和平的书，写作的目的恰恰是厌恶狩猎。

狩猎鹰和狮子倒还行，但绝不应该捕杀弱小的动物。

我们这里教授内心的宗教信仰，就希望人将以温和的方式团结整个大地，并慢慢认识到，任何收养的动物，一旦进入家养的情况，或者出于天性至少能和人建立邻居的关系，这就比捕杀对人有益百倍。

人只有努力致力于大地所希望人的事情，才会真正算做人（在本书末尾还要谈到这一点）：与动物和解并和谐共处。

"女人的志向。"有人会这样说。

这又有什么妨碍？

本书掺杂几分女人的温柔，对于这种批评，我看毫无必要表示不满。我们要当作一种赞扬来接受。耐性与和悦、温良与关怀、孵化期的温暖，这些特点便可以培育、保存并发展一切物种。说这不是一本书，而是一个物种，那好哇！它一定会多产，其他的会接连不断。

我像孤燕失群地离开了巴黎，这座容纳三个世界的城市，这个艺术和思想的天堂。

　　我每天去执行职责和处理事务，但都很早赶回家。巴黎的喧哗、远远传来的隆隆车马声、流产的革命的冲击和反应，都使我与自然离得越来越远。到了1852年春天，我非常强烈地脱离了，打乱了我的所有习惯；我既难过又欣喜，关闭了我的书房，将门上锁，我生活的这些伙伴，当初以为肯定能永远陪伴我呢。我不停往远走，直到南特才停下来，这里离海边很近，城市建在山腰上，能望见布列塔尼发黄的流水注入卢瓦尔河，同旺代的灰色水流交汇。

　　我们停顿在乡下，房屋很大，在绵绵细雨中孤零零的，而在这个时节，西部海滩都被雨雾浸泡了。这里到海边有一段路途，受不到海盐之气的浸入，降下的雨水都是淡水。房子是路易十五时期的特色，久无人居，乍一看有几分悲惨。它虽然处在一处高地上，但还是相当暗淡，一面是厚厚的千金榆树篱，另一面则有参天大树和数不尽的未修理的樱桃树。周围一片绿草，溪水即使在夏季也不流淌了，整个住宅处于美妙的清凉感觉中。

　　我特别喜爱零乱的园子，而这座园子令我想起意大利别墅闲置无人管的大葡萄园。但这里蔬菜和千百种草木杂生，十分美丽，是那些别墅所没有的：圣约翰节的各种花草，都又高又壮。樱桃林树枝被红色果实压弯了，也给人以丰收的印象。

　　这里天空柔和而湿润，草木生机勃勃，又美丽又繁茂，不像意大利那样虽美丽却流于严肃。尽管一座大城市近在身边，这里望不到一点光景，只能看见一条名叫埃德尔的小溪从山底下流过，投入卢瓦尔河。真的，这里茂密的草木、这片原始的果林，无法望穿，必须登高远望，上到一座小钟楼，近景就一览无遗，望见一片片树林和牧场、远处的建筑物和钟楼。即使在小钟楼上观赏，远景还是有限，城市只显露出侧影，还看不见它那条大河、岛屿、航船和商业的繁荣昌盛。到这个大港口不过几米远的地方，却毫无景象，还以为身处荒野，在布列塔尼的荒原或旺代的林间空地里。

随着天气变化，空气湿度下降，我慢慢发现这处居所的真正而严肃的性质，要比乍一看所以为的美景更为艳丽多姿，和美丽动人，能逐渐动人心弦。地处布列塔尼的大门口，却享受有旺代茂盛的绿荫。

我放眼望去都是鲜花盛开的粗壮的石榴树，好像到了南方。木兰也不像在别处所见的那样弱小，而是枝叶挺拔自然，就像大树，硕大的白花纯香四溢，厚厚的花蕊不知含有什么浓密能穿透空气的香油，其香味能将你裹住，到哪里也不扩散。

这下我们有了一座真正的园子、一个大家庭，有琐碎之事，以前是没有这种情况的。一名布列塔尼野女孩只能帮着干些粗活。我每星期进城一趟，除此之外，我们完全离开城市，但是这种孤独又特别忙碌：一大早就起床，在鸟儿刚醒来的时候，而且天还没有亮。当然，我们几乎跟鸟儿一样，也早早休息。

蔬菜果实很多，又生长各种花草，因此，我们可以养许多动物，但是只一点困难：我们喂养它们，和它们成为朋友了，我们就不想让它们做盘中餐了。但是，我们栽种瓜果蔬菜，却遭遇苦闷：幼苗还未长起来，就大概被吃光了。

这里土地肥沃，植物丰茂，但害虫也多：有较大贪吃的蛞蝓、贪婪的昆虫。一天早晨，我们捉了一大木桶蜗牛。第二天就见不到了，似乎一锅端了。

我们养的鸡十分勤劳。不过，那只灵巧而慎重的鹳更加有效得多。它是荷兰和所有潮湿地区的优秀清理工，我们西部地区不管怎样也应当蓄养！人所共知，荷兰人对这种出色的鸟十分爱护。在荷兰的市场上，经常看见鹳一只腿平静地伫立着，在人群中间苦思，感到自身特别安全，如同在极僻远的荒野里。有一件事，是无可置疑的：荷兰农民有时会不小心弄伤了自家的鹳，假设弄折了腿，就给它安一条木腿。

扯回话题，对一个不需要全神贯注的人来说，在南特的日子就会妙不可言。这地方景色优美，工作非常轻松，这种环境既安静，又十分温馨，是不可多得的一种和谐，在生活中几乎从来没有过。这种温馨安静，同我现在的想法，同我忙于写作的郁闷的过去，形成了显著的对照。那时我编写九三年的历史。英勇而惨烈的历史包围住我，包围我的心，怎么说呢？就是在消耗我。我在自己的周围所拥有的所有幸福的一切，全为了工作而耗费掉，推迟到我没有利用价值的时候，每天都觉得遗憾，不停地黯然回首。情感和大自然每天都要同现实的忧思争斗。

这种争斗本身，将永远是系我心灵的回忆。在我的脑海中，这地点始终是伟大的，再也不会以别种形态存在了。房屋拆毁，原址另外再建起一间。也就是因为如此，我才稍微多讲几句。然而，我的雪松却存活下来，这是稀奇古怪的事，因为在这个时期，建筑设计师怨恨树木。

不过，我的写作快要结束的时候，一些阴影从这黑暗之夜中变得清楚了。我忧伤的心减少了几分凄凉，确信从此留下了这座纪念碑，一座残酷并且饱含历史风霜的纪念碑。我重又开始听见孤单的声音，而且我认为比起在别的任何时候听得更清楚，只是感到非常刺耳要慢慢地恢复就像死过去一段时间又复活的人那样。

我年轻那时候，还没有被这冷漠的历史捉住之前，就曾体会了大自然，但显示出的是一种不确切的热情，一颗心炽热有余，爱心不够。不久前搬到巴黎郊区，我重又找到了这种感觉。我不无兴趣地感觉到，在干旱的土壤里，我的弱小小的花对每天傍晚我的浇水十分敏感，在快意中显然感恩戴德。在南特更是如此，周围的自然多么旺盛、多么丰美，看见青草每小时都长高，周围的动物繁殖，我也应该重新，在这种感觉中再生！

倘若说有什么东西能唤回我的思想，打破忧虑的魔力的话，那就是阅读一本书：晚上，我们有时读读图斯奈勒的《法兰西的鸟类》；思想从国家就到了大自然，这真是又快意又美妙。只要还有一个法兰西，她的云雀和红喉鸟、她的灰雀和燕子的书籍就会手不释卷，一版再版。假如没有了法兰西，我们在这些精萃的书页里，还能再次找到我们最好的东西：这片土地的纯香正气、高卢的意识、法兰西精神，乃至我们祖国的灵魂。

还有一件不属于青春的美妙的事。作者出生在默兹，那是出猎人的地方，他本人在年轻时也是个狂热的猎手，但似乎被他自己的书给改变了。他明显在游移不定，一边是他青年时代猎杀的最初习惯，另一边是他的新感情，是对他发现的这些可怜的生命、对这些灵魂和他说出的这些人的感情。我敢说从此以后，他再打猎就会惭愧。作为这个爱和纯真的世界之父和第二个创造者，他会在他们之间找到一道同情的屏障。什么屏障呢？他的作品本身，他让他们兴奋起来的书。

我刚想写这本书，就没有办法留在南特。我也生病了。气候潮湿，长期工作太过劳累，当然，主要是我思想的搏斗，已经侵害了我身上没有办法抑制住的这根活力的神经。燕子为我们规划了路线，我们沿着路线去了南方，将我们流动的家安放在亚平宁半岛的一条大渠里，离热那亚有两法里。

处境很好，四面遮护而没有侵扰，在这气候多变的海岸，能保持气温稳定，这但是非常奇怪的。冬天这里没有炉火，只有阳光，一月份也还很温暖，这促使了蜥蜴和病人出来，它们以为是春天呢。然而，我还有必要说什么吗？这一片片橘树林、柠檬树林，望去非常美丽，叶冠常年不变，蓝蓝的天空常年不变，景色难免就乏味了。这里极少有活跃的生机。小鸟很少，几乎见不到，更没有海鸟的影子。鱼同样很少，没有搅动渊澄取映的海水。我一眼能望到海底深处，什么也没看见，唯有寂寥，唯有这个大理石海湾水底的黑白两色石头。

周围一片安宁，大海熠熠闪光，但是孤零零的，非常单调，也就远处偶尔驶过几只航船。不让我工作，三十年来，第一次同我的笔分手，走出一直同纸墨为伴的生活。这种停顿，我原以为很枯躁，其实对我来说非常有满足感。我注意看，细心观察。一些不同的声音在我身上醒来了。

我们离热那亚和在那里的好友非常远，唯一的社交圈子，只有一小群蜥蜴。它们在岩石上跑动，在阳光下游戏或睡觉。可爱而无忧的动物，每当中午我们用餐，而码头又一片宁静，它们活跃而优雅的动作使我非常高兴。它们刚开始见到我，显出一副害怕的样子，但是还未过上一周，所有的蜥蜴，连最幼小的也认识我了，知道它们根本不必害怕这个平静的幻想者。

有什么样的动物，就有什么样的人。我的蜥蜴生活简朴，一只苍蝇就是一顿丰盛的美食，同海岸的"贫苦居民"的生活完全一样。有不少居民煮草吃。但是，在光秃秃而干旱的山上，青草也几乎少得可怜。这地方东西的贫乏使人不敢相信。我投身进来无怨无悔，同意大利的清贫步调一致，须知意大利是我的光荣的母亲，她抚育大了法兰西，给我的哺育胜出了任何法国人。

母亲？她始终是母亲，虽然资源不足，自然仅缺，也尽量当好。我因健康关系，来到这个自然世界里，吃不下去食物，还能接受她给予我宽容的营养：新鲜空气和阳光。即使在本世纪最冷的冬季，这里的太阳也可以允许居民一月份敞着窗户。

我不再考虑自己的病情，也不再想着治好病。我忘掉了自己：病情渐渐好转。

意大利一直是富饶的。对我来说，她以其贫寒窘迫而富饶。这里看不见动物，我感觉到了这一点。在橘树园绿荫的幽静中，我叫唤林中鸟儿。我初次感到，人若没有了周围庞大的自然界，生活就变得严峻了，因为很多无害动物的活动、声音和嬉戏，就像大自然的笑容。

我内心产生了巨大的变化，有朝一日我也许会想起来。我在养病那段时间，又竭力回忆我于 1846 年在《人民》一书中所反映的思想，想起这座上帝城：城中芸芸众生，平凡百姓、农民和工人、愚蠢的人和文盲、粗野的人，以及孩子，甚至包括我们叫他动物的另外那些孩子，尽管出身不同，但全是公民，都有权利，都在国民盛宴上有一席之地。"我要争议，只要还有剩余的，上帝城拒绝接收，不遵循他的权利给予保护，我就止住脚步，绝不会进去。"

所以，当时在我看来，整个自然史是政治的一个分部。各种生物凭着微小的权利，都要前来叩门，请求被纳入到民主的怀抱中。高等弟兄如何要把其他弟兄拒绝在法律之外呢？他们也是由宇宙之父包含在世界法则中的呀！

这就是我的从头开始这种晚来的"新生命"，慢慢引我走向自然科学。

亲爱而慈善的母亲！就因和她一同受穷受苦，和她一同幻想了一会，她就送给我无价之宝，价值超过所有东西。到底什么呢？就是精神的一种契合，最隐秘的思想极有成效的一种汇合，在大自然的思想中家庭式的一种完美的融合。

我们是从两条路进入的：我是通过对上帝城的真诚，通过团结所有动物而使上帝城达到全部的努力；她则通过宗教信仰，通过子女对上帝恩宠之爱。

从这一刻起，我们每天晚上就能有丰盛宴席。

我早就说过，这部作品在发展的路上，是如何悄悄由我们小小的帮手丰富起来的。这些帮手差不多总在向它授意。

巴黎的鲜花所准备的，我们在南特的鸟儿做了。我在本书最后谈到的夜莺来唱终曲。

在我们返回法国时，特别在这里面对大海，各种各样的想法就汇聚起来。在拉埃夫岬角的老榆树下，这种开启功德圆满了。海岸的鸥鸟、林中的小鸟儿，讲什么都能听得清楚了。全部这些事儿都在我们内心荡漾，全都像我们内心的呐喊。

就这样，美丽、稀少的神圣，在这里拥抱在一起。高山受暴风的洗礼，向您述说大地的史诗，她的艰苦而凄惨的历史，并且显露她的骨骼为证。不过，这些偶然出生的小东西，在她干旱的山坡上发芽，证明她还有繁殖力，残骸是一个新肌体的一部分，所有死亡都是一次新生。

因此，这些残骸从来没有使我们有忧思的心情。我们主动说起命运、天意、死亡和重生。我由于年龄和工作的劳累，有权死去了，而她由于童年的历练和早熟的聪颖，额头已垂下了，然而，我们还是感到心潮汹涌，感到受敬爱的大自然母亲焕发出青春的朝气。

我们由她哺育出来，彼此相隔遥远，现在又在她身上相会，我们真希望永远停留这一珍贵时刻，"在岁月的岛上抛下锚"。我们就借着这部温情、博爱并接受所有生命的作品，不然还怎么能做得完美呢？

她一个劲地提醒我们，还以简单、欢快和感人的方式，表演地域的灵魂和孤寂的声音，以便加强我体爱的这份感受。

具体表现之一，我起初听见鸟儿只唱不说，比如燕子就在讨论好天气、捕猎、稀奇的或普通食物，以及下次的行期，总之无事不谈。十月份我在南特倾听过，六月份在都灵倾听过。它们九月份在拉埃夫的谈话，我听得更加清楚。我们能流畅地翻译出来，它们甜美柔和，带着青春和愉快的心情，既不吵闹也不东拉西扯，完全属于特别自由而明智的一种鸟类显示出的那种幸运的和谐。它们就像怀着感激之情，承认得到上帝恩赐的厚重礼物。

然而，唉！我们向大自然实施的这场失去理智的战争，甚至连燕子也未能避免。我们连鸟儿都要杀死，而鸟儿保护庄稼，是我们的战士、好工人，它们追随耕犁，捉住未来的害虫，可是农民满不在乎，将害虫翻出来又埋进去。

一些重要而有益的种类没有了。大洋的第一批动物，大自然赋予血和奶的温和而灵巧的动物（我指的是鲸类），到底还剩下多少了呢？许多四足类动物从地球上灭亡了。还有更多其他动物，尽管没有都消失，也在人的面前退化了。它们逃窜，变野了，没有了天性的技艺，又回到野性的生活。亚里士多德就曾指出鹭又灵敏又小心，而现在（至少在欧洲）鹭却成了孤单的动物，既渺小又冷漠。美洲狸在安宁孤独的生活中，成为了建筑师、工程师，现在也没劲了，在大地上连洞穴都不打了。野兔如此和善、美丽，皮毛独特，特别灵巧，听觉非常敏锐，但它们很快就要灭绝了，那些幸存下来的也变得傻傻的了。不过，这种可怜的动物还很温顺，可以训练，如果得法，能传授野兔违反它天性的事情，这里需要勇气才能办到的事情。

这些想法，别的人写过，而且表达得更好，我们都记在心中，这是我们的养料，我们习惯了的梦想，即这两年在布列塔尼，在意大利储存的梦想。还要我说，这些思想在这里变成一本书吗？变成一个实在的果实吗？在拉埃夫，它是在它灼热的构思中向我们显形的，而这正是上帝让动物连合一起的原始的想法，是天地之母让她孩子构造友爱协约的源泉。

生活居高临下，对人最温和、最友善的鸟儿们，如今也正是人最狠毒追捕的对象。

怎样保护呢？揭示鸟儿好似揭示灵魂一样，指出一只鸟儿就像一个人。

所以，鸟儿，唯一的鸟儿，就是《鸟儿》这本书的所有。当然，鸟儿要通过命运的变化多姿，逐渐适应大地的各种环境、飞禽生活的各种命运。演变相当微妙，虽然不了解演变的一切，但是心同它的对象一致，哪怕种类外形多么不同，哪怕死亡似乎打断了一切，心也绝不会静止不动。在这本书中，死亡又严酷又残忍，在生命正旺时突然来临，但不过是一时的灾难，生命还照样延续。

死亡的原因，为害的种类，人由于从它们身上看出自己的身影而欣赏不已，在本书中则等而下之，重新放到应得的地方。它们在鸟类的两种技能——做巢和唱歌——方面，都是最粗俗的。它们是无辜的可悲的被利用，在本书中出现，好似大自然在情极之下派出的盲目使者。

然而，生命的智慧，在生命点燃火花中的技艺，就是体现在最小的身上。最小的鸟儿不艳丽，羽毛短小又灰白光秃，但是，它们身上的技艺，在某些方面所达到的高度超过了人的想象。当然，这些远远比不上夜莺，到如今，我们还没有强调夜莺，也未倾听它的美妙歌声。

因此，在这里鹰被赶下皇位，夜莺登基了。鸟儿随着逐渐成长，精神也上升，但是顶峰和极点，自然不在于人不难超越的暴力，而在于人未达到的技艺、勇气和神往的能力。这种能力有时带着鸟儿超越这个世界，到达外面的天空。

天公地道，确实公平，因为正义是有远见的和富有感情的！不容置疑，这本书有许多缺点，但是在温情和信念上却很突出。它是一体的、一贯和忠实的。什么也不能使它分离。它爱鼓翅飞翔，超越死亡及其不真实的分离，穿越生命及其遮避统一的面具，从一个巢飞向另一个巢，从一只蛋飞向另一只蛋，从人间的爱飞向天堂。

# 卵

我们的祖先愚蠢而敏捷，具有明智的本能，讲过这样的预言：

一切来自卵，这是世界的摇篮。

同一物种，但是命运的差异主要来自于母亲。母亲行动，预测，爱得多一点或少一点，多做一点或少做一点母亲。母亲越像样，子女越进取。生存中每进化一度都取决于母爱的多少。

鱼生活留离不定，母亲能做什么呢？只能把卵交付给海洋。在昆虫界，母亲一般产卵后就死了，还能做什么呢？在死之前，为子女觅一个安全可靠的港湾，以便孵化和生存。

即使高级动物，四足动物，血液的温度好像能影响母亲，母体本身长时间就是孩子的窝和温暖的房子，就不需要呵护了。幼崽产下来，一身皮毛就全部和母亲一样，还有现成的奶吃。很多种类，母亲对幼崽的呵护，就像在孕育时那样不用费心。

鸟儿的命运则不一样，它若没有爱就会死亡。

爱！从大洋到星辰，只要母亲都有爱。但我指的是关怀，无微不至的照料，用母爱的温暖怀抱。

即使正如所见，卵有这个石灰质壳保护，不过对空气的袭击也非常敏感，哪一点受了凉，就能影响未来鸟儿的一个肢体。所以，孵化是慢功夫，母亲要特别用心，自愿趴在窝里。这需要忍受特别大的痛苦！一块石头，那么久贴在心口儿，还要贴在鲜肉上！

鸟雏出壳，但身上是光秃秃的。然而，四足动物的孩子，一生下来就有皮毛，就能爬行走路，幼鸟（尤其高级种类）则无毛羽，仰身躺着纹丝不动。母鸟不仅要孵化，还要小心揉捻，给幼鸟保温。马驹儿一生下来就会吃奶，能完全照顾自己；小鸟儿只能等母鸟觅食，选择并准备食物。母亲不能飞走，一离开就由父亲代替：这是名副其实的家庭，忠于爱，这也是伦理的第一缕阳光。

我这里从来不提延伸的教育，那是特别专业又很冒险的，即教授飞行；也绝口不谈教唱歌，这在艺术家鸟类那里是很难的。四足动物生下来，很快就会它要学的事，有的一生下来就会跑，即便栽个跟头；可是毫无危险地跌在草地上，同飞上天空能是一回事儿吗？

将一只鸟蛋握在手中。这种椭圆形最容易理解，最直观，外界攻击也没地着手，给人的印象是一个完整的小天地，完美和谐，无须增加什么，也无须减少什么。无机物就不可能呈现这样完美的形状。我感到在这毫无生气的表壳下，存在着生命的一种高度机密和上帝完成的作品之一。

它是什么东西，从里边会出来什么呢？我并不清楚，而鸟儿却明明白白。一只鸟儿张开翅膀，贴着这只蛋，用体温孵化。在此之前，它可无拘无束，是天空的王者，任意翱翔，现在却突然被禁闭了，呆着不动，守着这个石头一样、还没有显露什么的沉静之物。

不要说什么盲目的本能。下面通过事实就会证明，这种聪明的本能要随环境而改变，换言道，这种初级的理智同人的高级智商，在本质上的差异是多么小啊。

对，这位母亲，通过爱的敏感和察觉力，就本能地感到。这厚厚的石灰质蛋壳，您粗糙的手摸上去并无知觉，而这位母亲触觉灵敏，能觉出有个神秘的生命在里面孕育生长。正是由这种触觉的支持，她才能忍受孵化的辛苦、长期的禁囚。她看到小生命娇弱而美丽，有着她童年那样的绒毛，还在期待中预见到将来的情景，孩子长得又强壮又大胆，张开翅膀，凝望着太阳，顶着暴风雨飞翔。

不要慌张，要充分利用些日子，安静地观赏母亲梦幻的这种可爱形象：她通过第二次生育来完成这个还未成形的爱的对象，这个渴念中的陌生儿女。

这景象多么壮举，并且更加伟大。我们人类要谦虚。在我们这里，母亲怜爱的是在她怀抱里蠕动的，疼惜的是她能抚摸拥抱的；她喜爱和她身体密切接触的实体。可是，这位母亲喜爱的却是无边的未来，她的心孤单地跳动，还得不到一点反应，但她的爱并不因此而减少，还照样坚持，忍受折磨，为自己的梦想和信念而劳苦，直到从这个世界消失。

这是非常有力的信念。她制造一个未来，或许是最令人神往的世界。不要对我说太阳和星球的基本化学，一只蜂鸟蛋同银河一样稀奇。

要明白，您认为难以觉察的这个小不点儿，就是全部海洋，上面悠荡着处于胚胎状态的天空骄子。它浮动着，不要担心沉没。非常纤细的韧带吊着它悬浮，遇到撞击也依然如故。它在这温暖的地方轻轻地游泳，就像将来它在空中飞行。森严壁垒，非常可靠，在富有营养的房子中处于完美的状态！比其他种类的哺乳不知要好上多少倍！

同样，它在神仙般的睡眠中，也感到了母亲及其吸引他的温暖，也开始梦想了。它的梦想就是运动，学习并配合母亲；它的头一个动静，隐秘的爱的举动，就是要像自己的母亲。

你不知道是爱把它改变成自己所爱的吗？

它们若是一样了，它就要扑向母亲的怀抱，更加贴着蛋壳，这样一来，它同母亲只有一壁之隔了。于是，母亲开始倾听，有时非常高兴，因为已经听见它的第一声呢喃。它不安分起来，胆子越来越大，下定决心。它有了喙，利用它通过敲打撞击，捣开它牢狱的墙壁。它有了足，也借上力……劳作便开始了……它的酬劳就是解放：它获得自由了。

讲讲欣喜、激动、忐忑不安，母亲的各种关照，这不是我们在这里想讲的，不羁我们已经说过教育的种种难题。

鸟儿只有通过时间和温情才能成为内行。鸟儿会飞行，就很优越了，所受的照顾就更加优越得多，它孵化出来之前有个家，通过母亲来存活，这个最自由的生灵，由母亲和放任的父亲哺育，称得上爱的宠儿。

倘若要表扬大自然的生殖力、强大的创造活力、迷人的（在一定意义上骇人的）繁丰，即同一创造却引出数千千万万的奇迹，那就瞧瞧这只蛋吧，别看它同别的大同小异，从中却产出无数飞遍世界的各类鸟群。

大自然从混沌一体中，自然喷发出这些生翅膀的火焰，它们格外的热情、色彩及歌声非常嘹亮，如同散乱得出奇的无数光束。这种惊异的变化，呈巨大的扇形，不断从上帝灼热的手中逃逸出来，全都光彩照人，全都歌唱，让我沐浴在和平、光明中……我眼花缭乱，只好垂下眼光。

上天旋律优雅的火花，难道你们达不到吗？……对于你们，没有高度，也没有距离，高空、深渊，完全融合。高云深水什么是你们到达不了的呢？大地非常广阔，有高山、深谷和海洋，不管有多么大，也是属于你们的。我听见你们在赤道，像太阳一样火热。我还听见你们在永恒寂静的极地，那里生命消失了，最后一点地衣也不见了，熊也只有望洋兴叹。而你们，你们还留在那里，在那里生活，在那里爱，你们证明上帝的存在，你们温暖着一切。在这片没有人烟的大地上，你们令人感动的温暖，为人类的大自然不顾一切地辩护。

# 极　地

想象力，为人类做了大部分好事和坏事的幽灵，以上百种方式改变着人的本性。凡是超越人的力量或伤害人的感觉的东西，一切世界和谐所需要的东西，人们就想要从中看出恶意而进行诅咒。一位作者写了一本书，否定阿尔卑斯山；一位诗人发狂似地将恶的宝座放在这些有益的冰山上，却不知这些冰山是欧洲的水源，往河流里注入很多物产。还有人更丧失理智，咒骂极地的冰，否认地球的伟大布局，否认构成大洋生命的回环潮流的雄伟布局。他们在天地万物特别和平有节奏的运动中，见到的是战争、血海深仇及大自然的丑恶。

这就是人类的梦想。动物们绝不同意这种敌人和恐惧，反之，它们受两种魅力的吸引，每年结成数不清的队伍，向两极飞迁。

鸟类、鱼类、大鲸等，每年聚到南极周围的海洋和岛屿上。那里的海太好了，特别适合繁衍，充斥着初始的生命（植虫状态），兴致勃勃，充满胶质、受精的卵和无数的胚胎。

对这些无害的，但到处遭受捕杀的群体来说，两极同样是爱与和平的幸福聚会。大鲸鱼，不幸的鱼，其实它同我们一样，也有香甜的奶和热血，这不幸的流浪者不久就可能死亡，还是到极地去躲避，为神圣的孩子和哺乳找个避难的场所。任何生物也比不上鲸类，鲸类非常温和，十分友爱，对幼崽儿也特别照顾。人真是又愚蠢又恶毒！海牛、海象，和人多么相同，人们捕杀这些动物怎么忍心下手呢？

　　古老海洋的巨人，大鲸鱼，这种动物温和的情况，同矮小的人的无理程度恰成对照，但比起人来还有这样的好处：能完成大自然给予的任务，消灭繁殖力惊人的物种，又不至于给它们增加伤害。鲸既无牙齿，也无锯齿，更无残酷的工具，而世上那些残忍者却拥有大量这样的手段。生物突然被吸进这口活动的熔炉里，迷失而昏迷过去，立刻经受大化学的转化。北极圈海域的百姓：鲸类、鱼类和鸟类所吃的生物，大多还没有感官，并没有感到疼痛。就是这种情况，这些族类就具有无害的特点，这令我们无限感动，给了我们极大的好感，也可以说特别的敬仰。这个世界真是三倍幸运，三倍祝福，因为生命自我弥补而不需要死亡，而且总体来说摆脱了痛苦，在这富含营养的水中，总能找到奶的海洋，不需要残暴的手段，这个世界还伏在大自然的胸脯上！

　　这些荒僻的地方一片寂静，在人到达之前居住着两栖类。它们要对付这地方的两个残酷者：熊和蓝狐，在它们善良的母亲，大海一如既往敞开的怀里，很容易就能找到避难所。

　　海员在这里登岸，遇到的特别麻烦，就是要从友善而好奇来围观的海豹群中找条出路。南极地的企鹅、北极地的企鹅，胸襟远大，旗开得胜，但是往往站立不动。这种鹅身上的绒毛纤细，十分软和，可以提供鹅绒，它们很愿意让人靠近并握手。

　　以我们的航海者看来，这些新动物的姿势是非常有趣的。从远处看见布满企鹅的岛上，看它们站立的姿势、黑白两色的长衫，还以为那是一帮帮穿着白衫衣的孩子。它们坚硬的小胳膊（勉强以此来称呼这些刚转化成鸟的翅膀）、在陆地上可爱地扭摆，以及行路的蹒跚步履，显然更适于在海洋里游泳，海洋是它们自然而适当的家。可以说，它们是雄心壮志的鱼，是头一批解放的儿子，是进化为鸟类的候选者，而且，它们的鳍早已成功地转化为有鳞的小翅膀。这种转变并未全部成功：它们仍然还是灵活的鱼，作为鸟类却呆僵而无力。

再说，它们宽宽的脚连着躯干，脖颈很短，扁扁的脑袋连着圆筒状的身子，这样子倒像它们的邻居海豹的亲属，它们尽管不那么智慧，但至少有那种善良的本能。

大自然的这些孩子，古老时代的知情者，在海豹看来，简直是不能理解的怪物。它们眼神温柔，但是颇似大海的洋面，有点苍惶无力，它们似乎从幽深的远古，凝望人——地球这个最小的儿子。

在好望角旁边的一个荒岛上，勒瓦扬就看见很多的两栖类。这个不幸的丹麦航海家，本来是北极人，偶然到了南极，不想生命葬送那里，在那荒岛留下墓地，在他和祖国之间隔了整个地球的厚度。成群结对海豹和企鹅陪伴他：海豹趴在那里，而企鹅则站立着，庄严地守护着坟墓。它们哀怨声陆续，回应着大洋的哀怨之声，似乎是死者的叹息。

好望角是鸟过冬的地方。它们来到非洲这块热情的迁徙地，身有肥膘儿，穿着结实的好皮衣，能阻挡饥饿交迫。春天一旦回来，就有一个情悄的声音告诉它们，解冻好像狂风巨变，劈开并融化了尖利晶莹的冻块，极地令人欢欣鼓舞的海洋开放了，呼唤它们。那是它们的家园、它们的摇篮，是它们终爱不悔的天堂。它们迫不急待，冲向大海，快速游去，穿越五六百海里，途中也不停息，有时只是在浮冰上暂时休息。它们到达了，一切就绪。三十天的夏季带给它们幸福无比。

艰苦的幸福。远远离开唯一喂养它们的大海，找寻一种安静平和的幸福。爱和孵化的时间是绷紧肚皮和惴惴不安的时间。它们的死敌蓝狐一直跟随到荒野。然而，团结就是力量。母亲集中在一起孵蛋，父亲兵团在周围守护，随时准备与之厮杀。小家伙一旦孵化出来，大家就像士兵排列整齐，一直护送到大海……小家伙一拥入海的怀抱，就安全啦！

　　阴沉的天气！然而，看到大自然也同样郁闷，非常令人感动地装饰人的家、鸟儿爱和献身的家，谁能不爱那种气候呢？大自然给予北极一种精神的美，这是南极所缺乏的：太阳照射着，但并非赤道的太阳，要温和得多，是心中的太阳。

　　这里的一切生灵，都因气候和险境的严峻而灵魂升华了。

　　北极并不是美的世界，但是若通过努力，还是发现出了美。这种奇迹来自母亲的内心。拉普兰那地方唯有一种艺术，只有一种艺术品：摇篮。一位到过那里旅游的夫人说道：

　　这种物品非常美丽，小巧玲珑，就像一只漂亮的小鞋，周围镶有薄薄的白兔皮，绒毛比天鹅的羽毛还柔软。帽子软绵绵、暖呼呼的，完全掩饰了孩子的头，帽子四周镶彩珠链、铜链或银链，丁零零地响个不停，逗得拉普兰孩子哈哈大笑。

　　母爱多么奇妙！正因为母爱，最粗暴的女人也变得温柔，变得心灵手巧了……而且，雌性动物很英勇。长着绒毛的鸟儿，绒鸭，就拔下自身的绒毛，给雏鸭铺上盖好，那真是非常感人的情景。即使雏鸭让人偷走，雌鸭还依旧继续这种爱的行为，直到扯光浑身绒毛，只剩下光秃身体了，公鸭就替代它，也同样扯光自身的绒毛。所以，雏鸭是以父母为衣的，以父母的身体、奉献精神和伤痛为衣的。蒙泰涅为了纪念父亲，总把父亲的大衣挥在身上，他说起那件大衣时说过一句感人的话，通过不幸的鸟窝我回想起来："我父亲正拥抱着我。"

# 翅　膀

翅膀！翅膀！为了飞行，

飞越深谷，飞越高山！

翅膀也抚慰我的心，

朝辉就是心的摇篮！

伴清晨紫色的霞光，

翅膀盘旋，注视海洋！

翅膀啊超越生命！

翅膀啊远离了死亡！

——吕克特

这是整个大地、整个世界和生命的呼唤，这是动物和植物所有物种，以无数种不同的语言发出的呼唤，这声音简直发自石头和无机界："翅膀！我们要长翅膀，要自由地飞翔！"

是的，就是处于贪婪状态的物体，也无不追求地冲向化学变化，以便进入天地生命的潮流，长出活动和发育的翅膀。

是的，植物虽然生长在根上，却向有翅膀的存在物诉说内中的爱，而且以风、水流、昆虫为载体，以便感觉外界的生活，享受大自然拒绝给它们的飞行能力。

我们带着怜悯的情感，观察二趾树懒、三趾树懒这些半成品动物。它们就是人的哀怨而痛苦的代表，每走一步都要哼一声："懒"或"迟缓"。我们给它们的这种称呼，其实应该属于我们自己。如果缓慢是指对活动的期盼，是指要行走、要向前进和行动落空的努力，那么，真正的"迟缓者"正是人。人有从大地上的一点转移到另一点的能力，近来又发明了帮助这种功能的巧妙工具，尽管这样，人并未减少对大地的依抚，还依旧受万有引力的吸引，紧紧贴在大地上。

在我看来，大地上也许只有一个族类，以其自由和迅疾的表现，可以无视或排除无力实现期待的这种普遍的哀叹：可以说，这种动作只通过翅膀梢儿与大地接触，并且往往不用动作，全部靠空气的流动，仅仅根据自己的需要和愿望控制方向就行了。

方便的生活，卓越的生活！最平凡的一只鸟会以什么目光，观望和鄙视最强大的、跑得最快的四足动物：老虎、狮子啊！鸟儿看见它们依附在大地上，那种无助的样子，会发出多么轻蔑的微笑啊！老虎或者狮子，枉称森林之王，只能孤单地吼叫以震撼大地，而夜间的哀鸣则证明还受奴役，受束缚，同我们所有人一样，还过着饥寒交迫同样给予我们的低级生活。

噢！肚腹的命运！只能行走在大地上的命运！无情的重力提醒我们的每只脚，我们死后还要回到粗糙而沉重的归宿，它对我们喊叫："大地之子，你属于大地。你从她怀抱里出来一会儿，还要永恒地待在那里。"

不要同大自然争吵，不容置疑，这标志着我们所存在的是一个还很年轻、很野蛮的环境，在星系中，是一个试验和尝试的世界，是伟大开始的一个基础阶段。这个星球还是个年轻星球。而你，还只是个孩子。你也要从这初等学校释放出来，要长出美丽而强壮的翅膀。你付出了努力，在自由中升了一级，这也是顺理成章的。

咱们做个试验。问一问还未孵化出来的鸟儿，它情愿成为什么，咱们给它选择。你愿成为人，享受艺术和辛勤为我们造出的这个星球王国吗？

它一定会回答说："不。"不需要估计我们建设这个王国，要付出多么巨大的努力、艰辛、汗水和思虑，要过怎样的奴隶生活，它要说的只有一句话：

> 我生来就是空间和光明的国王，为什么要放弃权位呢？而人最高的雄心、最大的幸福和自由的愿望，不就是梦想变成鸟儿，长出翅膀吗？

人在最美好的年龄，在刚开始的丰富生活中，往往沉浮于青春的梦想，才有好运气忘记自己是人，是大地重力的奴隶。于是，人飞起来，在空中飞翔，俯瞰整个世界，在太阳下沐浴，体会到万物尽收眼底的无穷魅力。而昨天，人还只能一件一件看到事物。从局部看是个谜，微妙难解，可是一旦统观大局，就豁然开朗啦！俯视世界，拥抱并热爱这个世界！这是多么伟大而高尚的梦想……不要把我叫醒，我求求您，永远也不要把我叫醒……咦，怎么回事儿！已经天亮了，这么吵闹，又开始干活了；沉重的铁锤声、刺耳的钟声、铜钟的音响，一切种种，把我从高高的天空上拉下来，猛推下去；我的翅膀消失了；忧郁的大地，我重新跌到地上；我憋着气，弯着腰，重又扶犁耕地。

上世纪末，人胆大妄为，不用舵也不用桨，不用掌握方向的东西，就能乘风飞上天空，当时宣布人研究了大自然，战胜了地球引力，终于长出了翅膀。然而，悲惨的事件残酷地打击了这种野心勃勃。有人研究翅膀，努力模仿，简单地仿效根本不能模仿的力学原理。

我们惶恐地看到，一个要成为鸟儿悲哀的人，装上了巨大的翅膀，从百尺高的柱子上直冲下来，手脚乱动，结果摔得粉碎。

可怜而致命的机器，尽管复杂而有力，却远远比不上鸟儿轻柔的身体（远胜过人的臂膀），远远比不上在强而有力的运动中相互合作的这种肌肉系统。人的翅膀张开时好像觉得傻里傻气，尤其缺乏联结臂膀和胸脯的强有力的肌肉，不能像隼那样，剧烈扇动翅膀，便疾飞似若闪电。在这方面，工具基本取决于动力，桨基本取决于桨手，正因为相互融合，雨燕、军舰鸟每小时能飞行八十古里，超出我们的火车还要快上五六倍，超过了飓风，也只有闪电可以相对比。

而我们那些可悲的效仿人，果真模仿了翅膀吗？也许根本不是那么回事：仅仅照搬外观，而不管内在结构，以为鸟儿在飞行中仅仅上升的力量，却不清楚由大自然藏在它羽毛和骨骼中辅助的秘密。神秘、奇迹，就是由大自然给予的这种特性。鸟可以调节气囊，根据装载空气的多少，身体就能变轻变重。若想变轻，应使体积膨胀，体重因此就就轻了，鸟儿身体假若不如周围的物质重了，就自然飞得高了。若想下降或者停在陆地上，就排除使身体膨胀的空气，体积重新缩小，变窄，因而变重了。正是这一点犯了差错，造成人愚蠢地失去生命。人只知道鸟儿是一只船，却不明白它也是个气球。人仅仅模仿翅膀，但是，如不配以这种内在的力量，模仿得再像的翅膀，也都是送命的失败手段。

但是，吸入或排除空气，在任意变化的压载下游弋，这种特点，这种快捷的动作，又取决于什么呢？取决于一种仅有的、闻所未闻的强大呼吸。人同时吸进那么多空气，首先就可能透不过气来。鸟的肺不但强大而且有弹性，带有空气的印记，能充满空气，任其陶醉，将空气大量倾注到骨骼和细胞中。呼吸，一秒秒加速，出其不意。血液，不断由新鲜空气给予活力，就有用不竭的力量输送给每块肌肉。这种强力只有鸟类具备，其他别的动物都没有。

安泰俄斯接触母亲大地，能充满力量，这一笨重的形象，多么微弱地、大概地反映了这种现实的状况。鸟儿不用寻找空气，以便接触和更新；空气去寻找鸟儿，大量注入它体内，不断地点燃它生命的火热的中心。

展现奇迹的正是这一点，而不是翅膀。倘若你们有大兀鹰的翅膀，随大兀鹰冲下安第斯山脉顶峰及其冰川，一分钟就冲破地球的各种气温、各种气候，吸进的空气量大得让人无法想象，有灼热的、冰凉的，什么都不管，就飞落到秘鲁灼人的海岸！……你们降落时就会死亡。

在这方面，最小的鸟儿都将令最强大的四足动物惭愧。将一头锁住的狮子放在气球上（如图斯奈勒所讲），它那低沉的吼声就会跑到九霄去外。而小小的云雀则不同，声音和呼吸都强而有力，它唱着歌声飞向云天，失去踪影还能听见。云雀的歌特别清脆悦耳，不费吹灰之力，仿佛一个无形的天使要用欢乐安慰大地。

力量就是快乐。最快乐的动物是鸟儿，因为鸟儿感觉在行动中得心应手，由天的气息托举浮载着畅游，就像做梦般一样，毫不费力地游弋。无限的力量、无以媲美的能力，在地上的动物身上没有表现，在鸟儿身上却十分明显：可以随意在母亲的怀抱中吸取力量，畅快地吸入生机，这就像神仙一样快活！

每个生灵不是因为自大，也不是罪大恶极，都有一种极其自然的意愿，愿意像神圣的母亲，要变成她的模样，分享永恒的爱神用以保护世界的不疲倦的翅膀。

人类的传统就固定在这上面。人不想做人，而要做精灵，做长有翅膀的神。波斯的那些长翅膀的天使造出犹地亚的精灵。希腊给自己的普绪喀，给灵魂装上翅膀，并找到灵魂的真正名字：憧憬。灵魂安上了翅膀，一拍打翅膀就飞进漆黑的中世纪，梦想也越来越多。从人的天性最深处，从热诚的预言逃逸出来的这种愿望，越发强烈了，人说："啊！我若是鸟儿就太美妙了!"

女人不容置疑,相信孩子能成为天使。

女人在梦中目睹孩子就是天使的化身。

梦境或现实!……长翅膀的梦想、夜的欢喜,这些如果是现实,早晨我们会悲凉地落泪!如果真有其事该有多幸福!假如我们一点也没有丧失让我们悲伤的东西该有多好!如果我们集中在一起,投入永远的飞行,从一个星球飞到另一个星球,沿着一条向往的神圣之路,穿越一望无际的善……那该有多高兴啊!

人们有时确信这一点。有情况向我们显示,这些梦想不是梦想,而是真实世界的刹那间,是透过人间浓雾所隐约看见的未来,是确能实现的期待,反之,所谓的真实,却可能是一场噩梦。

# 翅膀初试

再怎么文盲、愚蠢而思维迟钝的人,一旦走进法国自然博物馆的展厅,也无不心惊胆战,产生一种敬意,大概应该说产生一种恐慌。

据我们了解,任何别国的展厅,都未能制造出如此的感觉。

有些博物馆,如莱德博物馆的出色展品,在某一类上无疑更加丰富,但不见得更完美无暇。这种伟大的和谐,让人本能地反应出来,它有一种气势,能抓住人。若不在意的旅行者、偶然进入的参观者,被吸引住了,就会情不自禁放下脚步琢磨。面对这个大谜团,第一次摆在面前的神圣的书，如果能读懂一个词，拼出一个字母，那该非常快乐啊！大家看到稀奇古怪的形体，又吃惊又烦躁不安，有多少回向我们问个明白！一句话就能说清，稍微指点一下，他们就会欢心自如。他们高高兴兴地走了，决定还来游览。反之，穿过这展品的海洋，觉得既陌生又看明白的那些人，离开时就会疲倦无聊而又情绪低落。

......

在庄重的过渡时期，我们停靠片刻；在这种时期，生命好像还在左右摇摆，大自然好像还犹豫不决，还在探索自己的意愿。生命体在心里发问："我要变成鱼还是哺乳动物呢？"它在踌躇，依然是热血鱼。这就是海牛、海豹等温和的族类。"我要成为鸟还是四足动物呢？"生命攸关的问题，不解而犹豫，长时间变换方法的搏斗。各种坎坷万变都讲述了，各种解决问题的办法由美妙的动物不解地提出来，并且实施了，例如只长出鸟喙的鸭嘴兽，又如无辜的蝙蝠，这些无害而软弱的动物，只因体型不规则而格外难看，招来噩运。人们在蝙蝠身上发现，大自然寻找翅膀，找到的还只是长了绒毛的薄膜，非常失望，不过已经有了翅膀的能力：

我是鸟儿，瞧我的翅膀。

然而，长了翅膀不一定就是鸟儿。

您走到博物馆的中间，在大时钟旁，往左就能看见南极企鹅翅膀的雏形，还能看见它兄弟北极企鹅要坚固一点儿的翅膀。带鳞片的小翅膀，羽毛灿灿有光，让人浮想起鱼而不是鸟儿。在陆地上企鹅是个二次残废；对它们来说，陆地难行，上天又不可能。也不要觉得它们太可悲了。具有深谋远虑的母亲，要让子女生活在两极的海域（那里不怎么需要行走），同时还给子女认真穿上衬着脂肪的厚外衣，罩上不透水的皮袍。母亲期待子女在冰天雪地中保证身体的温暖。除此还有什么更好的办法呢？她们好像也迟疑过，摸索过。人们能够惊奇地看到，在南极企鹅旁边，还有另一种状态的试验品，同样鲜明地表现了母亲的谨慎：这是一只非常珍贵的冠企鹅，我在其他的博物馆中都没有见到，它披着一身那种粗糙的皮毛，就同山羊的皮毛一般，也许在它生命不息的时候，更为鲜亮，一定是密封的。

要把不会飞的鸟儿放在一块，还应把沙漠之舟拉过来：鸵鸟。从肌体结构来看，它同骆驼一样。雏形的翅膀尽管不能带动鸵鸟飞离地面，但至少大大有助于行走，能保证箭一样的速度，成为鸵鸟穿越干旱的非洲大漠的风帆。

话题回到南极企鹅，它是这一族类的真正原点，那雏形翅膀无法起到了风帆的作用，也无助于行走，仅仅是一种形状，就像大自然的一个回忆。

有两个不自量力的家伙（鸵鸟和海鸭），要试着飞离地面，艰难地飞起来。在我们看来，这两个家伙既可笑又自我清高。企鹅则不同，它是忠诚而简单的动物，虽然它从来没有要飞起来的雄心。可是，这两个却要获得自由，似乎要寻找运动的装饰或美观。鸵鸟近乎决意要争脱自己生活条件的企鹅，它长出俏丽的冠毛，但也突出了它身体的丑陋。难看的海鸭，好似漫画式的鹦鹉，大喙极似鹦鹉，但是长得非常粗糙，既不锋利更软弱无力。它没有尾巴，身体不平衡，被大脑袋的重量带动，总要往前倾。然而，它不怕摔跤，还试着起来了。它能离开地面在不高处飞旋，倒挺像样，也许这能引起企鹅和海豹的倾慕。有时，它还不顾一切下海，不顺利的游船，稍遇风浪就沉没。

但是，也不能否认，毕竟有进步。有些种类的鸟进化更加顺利，就像鹏鹛，种类繁多，它们兼有飞行和游泳两种功能：有的翅膀发育很好，飞行果断而沉稳，能做长途旅行；有的则像企鹅那样，还披着光亮的绒毛，在大海上玩耍嬉闹，呼吸同完美的鱼类一样，仅仅没有了鳍。它们或飞或游，成为天空和大海的宠儿。

# 翅膀的胜利

　　我们不必举出所有的中间种类，马上谈谈我望见高入云天的白鸟儿。这种鸟儿随处可见，在水上、陆地上、波浪不断覆盖并退去的礁岩上，这种鸟儿为人所知道，大家都喜欢，它们非常贪吃，号称海上小雕。我指的是无数的大海鸥和小海鸥，到处海岸都回响着它们的叫声。找找看，还有更自由的生命吗？白天还是黑夜，南方还是北方，大海还是沙滩，有生命的还是死的猎物，对它们来说完全相同。它们什么都可以利用上，四海为家，随意张开白色的翅膀，就从浪涛飞上天。新起的风，无论怎么周而复始，对它总是顺风，送它们到目标的方向。

　　长了翅膀会飞的天使，难道不是空气，不是大海，而是其他的什么东西吗？我完全不知：看它们黯淡而冷冷的灰色眼睛（在我们的博物馆中根本没有仿制），就好像见到了惨淡的海洋。北极无情的大海，严寒而毫无特点。我说什么？这大海太激动，常有电光磷火，翻动得很厉害。海洋这个老父亲挺阴的，好发脾气，苍白的脸颊里面，往往转着许多想法。它的儿子们，那些大海鸥，好像没有它那种兽性。它们飞翔，死水一潭的眼睛寻找死的猎物，像家庭聚餐一样，加快在海洋上漂浮着的巨大尸体的灭亡。一点也谈不上悲惨，它们用自己的方法、频频出现的白翅膀来取悦航海者，向航海者讲述遥远的陆地、驶离或要靠近的海岸，以及永远的朋友。它们也宣布暴风骤雨将要来临，从而为航海者服务。它们张开风帆，往往是提醒航海者收拢风帆。

因为，不要想象风暴剧来时，它们肯收拢翅膀；事得相反，它们出发了。风暴是它们的朋友；大海越是浪花翻滚，鱼越难躲避这些无所畏惧的渔夫。海潮由西北风推动，穿越大西洋，到达比斯开湾时浪涛层叠，突兀高耸，发出震耳欲聋的巨响，但是大海鸥无动于衷，仍在从容地飞翔。德·卡特法日先生说：

> 我发现它们在空中画出无数条弧线，扎进浪涛之间，叼着一条鱼再次出现。它们顺风时更快，停留在水面上则慢得多，但总是那么无拘无束地盘旋，就好似天朗气清，无须多扇一下翅膀。然而，浪涛却爬上堤坡，好像倒流的瀑布，高似巴黎圣母院的平顶，浪峰要高过蒙马特尔高地。可是，大海鸥无一丝惶恐，仍然那么悠闲自在。

人却没有它们那种幸运。天色一晚，夜幕突然降临到海面上，水手们就惶恐不安，他们瞧见一个小小的不吉利之物，一只恐怖的黑鸟围着航船飞旋。"黑"一词并不准确，黑色更为快活一些：真正的色调是一种烟褐色，无法形容。地狱的阴影抑或噩梦在水面走动，在波浪之间流动，将风暴踏在脚下。这只海燕（或者海鲂）引起海员的恐慌，看上去好似一个活的噩运。它是从哪儿来的？距哪块陆地都非常遥远，它怎么可能在这里出现？它要干什么？倘若不是寻找沉船，那它又来捕捉什么呢？它按捺不住地飞盘，已经谢谢它的同谋——凶狠残酷的大海要提供给它的尸体。

这便是害怕引起的联想。不那么胆小的人，就可能把不幸的鸟儿看作另一只遇到危难的船，一个不小心远离海岸、同样遇险而无处藏身的航海者。对它来说，这艘船就是一个岛屿，正好可以躲避。航船劈风斩浪，这唯一的航船，就已经是个避难所，是唯一的避难所。它凭借机灵的飞行，不断地把航船当作为它阻挡风暴的堡垒。它胆小如鼠，只有当风暴刮昏了海天，才有可能见到它。它同我们一样，也害怕风暴，也心惊胆战，不想命丧大海，像你们水手一样说道："我死了，孩子可怎么办？"

但是，黑暗慢慢消失，天光重又出现，我看见一个小小的蓝点。那是吉祥安静的地方，在风暴之上保持了安静。一只小鸟张着巨大的翅膀，骄傲的飞行在那碧蓝无垠的高空上。是大海鸥吗？不对，翅膀是黑色的。是鹰吗？不对，那鸟非常小。

那是小海鹰，有翅膀族类的头号，从不收帆的胆大航海者，海上风暴的王子，所有危险的观赏者：军鸟，或者军舰鸟。

我们从无羽毛的鸟类开始，达到了这个系列的结束。这是完全化为翅膀的鸟儿，躯体没有了，跟鸡身一般，而翅膀大得出奇，展开足有十四尺。飞行的大难题已经解决，甚而超越了，因为，飞行好像不必要了。这样一只鸟儿，有这样的托载，自然而然就浮起来，只需随气流飘转就行了。一旦起风暴，它就飞上恬静的高空。关于鸟儿的诗歌暗喻无所谓虚假，独独没有展示这种鸟儿的形象：一点不差，它睡在风暴上。

它如果好好飞行，那么多远的距离都没有问题。它可以在塞内加尔吃午饭，到美洲用晚餐。

它若想多用点时间，在途中游玩也可以，夜晚能不停地继续旅行，有把握休息……休息在什么上呢？在它一动不动的大翅膀上，它只需展开翅膀，浮在承受风餐露宿的空气上，浮在殷勤摇它入睡的它的仆从——风上。

应当指出，这种奇异的天使还有一种优势：在这世上不会害怕。个头儿虽小，却很坚强，它坚忍不拔，敢于直面空气的一切暴君，必要的话，也可以无视白尾海雕和大兀鹰。这两类沉重的大鸟还使劲地拍打翅膀的时候，它早已飞出它们的视线。

啊！这正是令我们骄傲的：我们在热带仰望如火的蓝天，看见一只身单力薄的黑鸟，在九霄云外，因极高远而忽隐若现，独自飞渡天空的荒漠。顶多在低空一点儿，偶尔能见一只鹣，像柔和轻便的白帆船。

空气之王，天空的主人，你没有疲倦，不知恐惧，飞行快得好像不耗时间，你怎么没有用翅膀驮着我呢？你逃避了生灵的低下命运，谁能比得上呢？

然而，有一件事却令我惊奇：假如就近观察就会发现，鸟类王国的这位头号，毫无自由生活所应有的宁静。它的眼神特别冷酷、敏锐，闪忽不定，忐忑不安。它那焦虑不安的神情，好像一个不幸的瞭望海员，必须看守无边无际的大海，一不小心就将被处死。显而易见，这种鸟要望眼欲穿。如果它没有了视力，那么，判决就在它黑色脸庞上：它受大自然的判决，就必死无疑。

细心观察就会看到，它没有足，至少足很短，而且有蹼。它的喙大得神奇，但没有真正海鹰的那种利爪。假海鹰，在英勇和飞行上又胜过真海鹰，然而并无真海鹰那种力量、那种攻无不克的利爪。真海鹰一冲击，就能使猎物死无葬身之地；假海鹰能捕捉吗？

这就是为什么，它的生活毫无保证，全靠运气，过的主要是浑忽不定的生活，而不是海员的生活，它面孔上总显露持久的疑问："我能吃上晚饭吗？今天夜里，我拿什么食物给孩子们吃呢？"

军舰鸟那巨大而美丽的羽翼，到了陆地就构成了对自己威胁、一个阻碍。它一定要借助风力和高地势：一个突出点或一块岩石，才能飞起来。在平展的沙滩、沙洲，或者它常停留的矮礁上，它一旦受到攻击，就没有防卫力量了。它再怎么斗殴也是徒然，只要挨一棍子就结束了。

它那巨大而有力的翅膀，却不适于贴近海面飞翔，如果被海水打湿就变得沉重，就可能沉下去。那样一来，鸟儿就完蛋啦！它就成了鱼的口中食，本计划以水族类果腹，反而被水族类吃掉：猎物吞食猎手，捕捉者反被捕捉。

那又怎样呢？它的食物在水中，总得靠近水面，回到水边，不断靠着威胁要吞没它的可恨而丰富的大海飞行。

就此看来，这种鸟儿有长翼，全身武器，在视力、飞行、勇气方面，比所有的鸟儿都有优势，可是它终日过着提心吊胆、朝不保夕的日子。它若不是凭着优势，找个供食者掠夺其食物，那就非饿死不可。它的手段，唉！说起来未免不好，不过是攻击一只蠢笨胆小的鸟儿，捕鱼高手鲣鸟。比起来，军舰鸟个头儿并不大，它却追击，用喙鸽鲣鸟的脖子，强迫它把鱼吐出来。袭击的全过程都发生在空中，军舰鸟在鱼掉落之前，中途就接住了。

如果这一招不由使唤了，军舰鸟就去攻击人，一名旅客说道：

> 我们在阿森松岛下船的时候，就遭受军舰鸟的袭击。有一只要从人手中将鱼抢走。还有一些围着煮肉的大锅上空盘旋，要将肉叼走，根本无视附近的水手。

唐比埃见过体弱多病的军舰鸟，呆在似乎是它们的残废军人院的岩石上，它们从仆人身上抽税，以小鲣鸟捕的鱼充饥。然而，它们强有力的时候，是从不落地的，过着浮云的生活，展开着大翅膀，连续地从一个世界飘到另一个世界，等待时机，冷酷的目光穿透无际的天空、无涯的大海。

鸟类的头号是不停落者；航行者的头号是不抵达者。大地、大海几乎同样是禁区，那是永世的流浪者。

我们什么也无需羡慕。这个世界，所有生存都不是真正自由的，任何区域都不够宽广，任何飞行都不够高远，任何翅膀也不能停止搏斗。最强大的翅膀便是一种奴仆，还需要心灵所期待、要求和希望的翅膀：

> 翅膀啊超然于生命！
> 翅膀啊越过了死亡！

# 岸 边

我在忧伤的时候，多次观察更为凄凉的一个生命，可以说那是忧郁的代表：沼泽的梦幻者，静观的鸟儿，一年四季都怒目冷对灰色的水泽，仿佛要将它单调的思想，连同它的身体投入水镜中。

它那庄重的黑色羽冠、珍珠色的外衣，一副近乎王者的作感神态，同它面黄肌瘦的身躯形成明显的对照。不幸的鸟儿，在飞行中仅仅露出两只翅膀，没有飞多么高，那身躯就隐没不见了。鹭鸶的确是天空的动物，要支撑这样轻的身体，好像一条腿就够了，总是收拢起来一条。它那单腿独立的身影，几乎总映在天空上，好似一种奇怪的难琢磨的象形文字。

凡是博览过历史，研究过没落的种族和王国的人，都要把这种鸟看作没落的一个代表。这是一个家道衰败的大贵族，一个失去权位的王者，除非我看走了眼。从大自然手中出来的天使，谁也没有落到这样穷困的境地。因此，我冒昧地询问这位梦幻者，从远处对它说的一席话，它那极敏锐的耳朵是否一字不落地全都听到了：

捕鱼的朋友，你能否告诉我（不必离开位置），你为什么总那么伤感，为什么今天显得更凄凉呢？你没有捕捉到猎物吗？鱼太灵巧，骗过你的眼睛吗？爱嘲叫的青蛙在水底戏弄你吗？

不是，无论鱼还是青蛙，都没有讥讽鹭鸶。但是，鹭鸶一回想起从前是什么鸟儿，种类多么高贵，就不禁自卑，轻视自己了。

你想了解我在梦想什么吗？问一问切罗基人、约维斯人的酋长，为何他撑着臂肘，用手托着脑袋，没日连夜地对着树，看着树上根本就没有的东西。

大地是我们的王国，在中期则是水鸟的天下。那时候，大地还年轻，刚从水里露出来。那是攻击、竞争的时期，但是物质极为丰厚。那时候，没有一只鹭鸶生活发生困难。不用守候，也不用追捕；猎物主动飞向猎手，从东西南北呼叫而至。数不清无法确定种类的动物，如鸟蟾蜍、飞鱼等，打乱了两个种类划分不清的界线。你们这些最后出世的弱者，赶上那时候该怎么办呢？鸟类为你们打扫了大地。那时要猛烈进攻河泥产生的巨怪，天空之子，鸟类也长成巨型的身体。如果说你们无情无义，在历史中并未描述这一切，那么，上帝的史书则叙述了，大历史将战败者和胜利者、被我们置于死地的巨兽和摧毁它们的巨鸟，统统放置在深深的地下。

你们虚伪的梦想弄出一个赫拉克勒斯式的巨人来欺骗我们。他那大拳头对付蛇颈龙又有什么用呢？谁会料到同这恐惧的海中怪兽窄路相遇呢？必须能飞行，有强大而无畏的翅膀，能居高临下，冲击，飞起来，再冲下去，赫拉克勒斯式的巨鸟就是这样，那种鹰二十尺高，翼幅有五十尺，那是无情的杀手，三种场所的主宰，无论上天潜水，还是钻进深深的泥潭，马不停蹄地追击猎物。

如果人处于那种环境，有一百条命也会死了。在我们看来，只有在平静的土地上，人才有可能生存。然而要明白，那种残酷的战争持续几千年，大大消耗了胜者，结果带翼的赫拉克勒斯也疲劳过后，变成了弱小的英仙星座，我们的勇敢时代变成苍白淡远的回忆，而对此谁会感到奇怪呢？

我们虽然雄心志远，但是个头儿矮了，力量小了，尤其挨饿了，只因胜利而使种类灭绝，生活场所分离而猎物深藏在水中，我们留在陆地，在森林和沼泽地反而被后来者捕杀，其实没有我们，这些后来者是不会出世的。林中人很阴险，又特别聪明，对我们的窝危害极大。他们在阻碍飞行和搏斗的繁枝密叶中，低下地将手伸向我们的妻子儿女。一场新的战争，但是运气不佳，不像荷马所称的小人国同鹤群的那场战争。鹤聪明敏捷，确有军事策略，但是它们的敌人使出千变万化的手段，占了上风。时间对人有利，对大地和大自然也一样。地球几乎枯竭，沼泽慢慢干涸，我们主宰的模糊不清的区域也随之消亡。长此以往，我们就会落到海狸那种情况。多少种类要消失，也许再过一百年，鹭鸶就从世上绝种了。

理所当然的历史。那些有决断的物种，就坚定离开陆地，毫无保留地到水中生活，如潜水鸟、鸬鹚、明智的鹈鹕和另外几种，除此之外，整个水禽族好像都在退败。那些例外的物种，由于生活节制，终日惕厉，还能够维持。正是在这种日夜的忧虑中，鹈鹕添了一个奇怪的器官，喙下扩而成为一个活动的嗉囊：节省和谨饬有预见性的代表。

还有好几种类，例如天鹅，是机灵的候鸟，栖息的时日经常更变。不过，天鹅本身是不能食用的，又因其漂亮和优雅，受到人类的呵护，即便这样，今天也很少见了，而从前在意大利比较常见，维吉尔在诗中不断地提到。很难寻觅这些雪白的游船了，从前，就是它们用白帆覆盖明乔河水面、芒图的沼泽，正是它们在法厄同的姊妹阴影下，悲伤法厄同，或者它们在夸张的飞行中，以优美的歌声追逐星辰，赋予星辰以瓦鲁斯的名字。

整个古代都讨论的这种歌，难道是比喻吗？公认的极为完美的歌唱，对天鹅本身难道一直是无用的吗？有人可能会这样认为。天鹅被赶往北方，它们的爱在北方找到了奥妙和休憩，便牺牲掉了歌，声调变得粗旷，或者干脆沉默了。缪斯死了，鸟儿却生活下来。

鹤善于交往，纪律严明，又聪颖智慧，按说就聪明而言，在这些族类中鹤是佼佼者，应当繁衍兴旺，在各地保持旧时的领地。然而，鹤却毁灭了两个领地：法兰西和英国。在法国只能碰到过路的鹤，而在英国，现在鹤也不怎么去那里产卵了。

在亚里士多德的时期，鹭鸶特别精干。古代动物全向鹭鸶问天气怎样，是晴天还是有暴风雨，就好像鹭鸶是最可信的气象预报员。到了中世纪，鹭鸶就退化了，不过仍保持俊美的身体，能飞上天，还算是王子，封建老爷鸟儿。国王则把鹭鸶看成为王家猎物和御用猎鹰的打算。由于大量捕杀，到了弗朗索瓦一世统治时期，鹭鸶就涉临灭绝了：这位国王把鹭鸶养在身边，在枫丹白露建起养鹭场。又过了两个世纪，布封还认为："应该每个省都必须有养鹭场。"现在，图斯奈勒了解到在法国仅有一处了，在北方的香槟地区，位于兰斯和埃佩尔奈之间，那里有一片树林，是无辜的孤独者还敢藏身相爱的最后领土。

孤独者！这正是对鹭鸶的宣判。鹭鸶不如鹤善交际，不如鹳自由自在，似乎变得跟同类、跟所爱的都疏远了。它们没有什么欲望，有了也很短暂，难得有一天摆脱忧郁的状态。它们不大爱惜生命，被囚禁之后，往往拒绝进食，不发怨声，也没有一丝牵挂地死去了。

水禽是阅历很深的生灵，大多谨慎，熟谙水陆两地，它们在兴旺发达的时候，比许多别的种族都成熟，值得人类倍加爱护。每种鸟类都独具个性，有自己的生命意义。鹤的交际本能、特殊的模仿意识，显得美丽而有趣。鹈鹕的活跃和快乐的性情、天鹅的温柔和依恋的能力，最后，还有鹤的友好以及有许多见证的对年迈父母的孝顺，就此种种，在水禽界和我们人类之间建立起美好的友谊，愚昧的人类不应该野蛮地破坏掉。

# 美洲的养鹭场

鹭鸶的退化，在美洲不怎么明显，也不那么受追捕。美洲荒凉的地区更广阔，鹭在稀有的沼泽地区，还能找到幽暗的、几乎密不透风的地方。它们在黑暗的居地更合群，十对，乃至十五对群居在一起，或者相互离得很近。安静的水面上幽冥的高大雪松，令它们安宁和快乐。它们用粗枝在树顶建成一个宽敞的平台，再覆盖上细枝：这便是家居和相爱之所，可以平心静气地产卵，孵化，教小鹭鸶飞行，养育小小的捕鱼能手。在这种僻远的地方，它们不用担心人会来打扰，而且距大海不远，尤其是在加罗林群岛，在低洼的沼泽地带，黄热病猖獗的地方。某一片沼泽，以前是海湾或者河湾，水退后成为被忘却的旧泥沼，有时宽一海里，长五六海里。入口可不那么美丽，首先映入脑海的是一根根挺立的枯树干，五六十尺高，枝干全部脱落，直到顶端都干枯枯的，而枯树干的顶尖混合着或者接近暗绿色，在水面上保持一种冥暗的阴森氛围。那是什么水啊！水中树叶和残骸在发酵，老树桩杂乱不齐，全都是脏兮兮的黄色，水面则浮动着冒气泡的绿苔。再往前走，好像实地，却是深凹的泥沼。每走一步都有一株月桂拦住去路，要想过去，就必须费一番力气，对付月桂枝、杂木残骸。那月桂枝总是砍断而复发。周围一片昏暗，很少见到一点光亮。这种骇人的地段死一般的安静，只能时而听见两三只小鸟的悲鸣，或者鹭鸶的厮厉的尖叫，此外就一片幽寂荒凉。不过，只需起风，相互照应的鹭鸶就在树端呻吟叹息了。如果暴风雨袭来，这些干巴巴的高大雪松，这些高高的桅杆就摇晃起来，相互撞击；整个森林呼啸，号叫，怒吼，听起来好似熊吼狼嗥，所有猛兽在咆哮。

因此，大概在 1805 年，平安度日的鹭鸶忽见一张奇怪的脸庞，不能不感到惊讶：一个人深入沼泽地，来到它们的雪松下闯荡。独自一个能去那里看望它们，那是一个有忍性的、不知疲惫的旅行家，既勇敢又温和，是鸟类的朋友、赞赏者——亚历山大·威尔逊。

这里的居民假如明白客人的来意，就绝不会恐慌，肯定要迎上前去，连声鸣叫；拍打翅膀，向他表示友好的敬意和热情的款待了。

在人类成为少见多怪的最大规模破坏者的那些恐怖年代，苏格兰有一个性情温和的人，格拉斯哥的一名不幸的纺织工，他在潮湿而幽暗的房屋里，幻想着大自然和广阔茂密的自由森林，尤其梦想鸟儿的生活。他干的是双腿残疾者干的活儿，整天坐在那里，所以，他特别向往飞行和光明。如果说他没有长出翅膀，那也是因为人世中最大的才华，还只是梦想和憧憬另一个世界。不容置疑，如今威尔逊完全解放了，成为上帝之鸟，飞行在似明似暗的星球上，具有大兀鹰的翅膀和隼的眼睛，可以更加从容地观看。

开始，他打算通过看介绍鸟的版画册来满足对鸟的兴趣。可是，那图像特别笨拙，形状显得可笑，运动感却一点也没有显示得很深刻。殊不知除了漂亮和运动，鸟儿还剩下什么呢？他没有坚持下去，而是做出一个决定，坚定离开一切，离开他的职业和国家。新型鲁滨逊，主动赴海难，漂流到美洲人烟稀少的地区，亲眼目睹，观察，描写，绘制。就在一刹那他想起一件事：他不会制图，不会绘画，也不会写作。但是，这个人意志坚韧，很有耐性，什么坎坷都能挺过去，他学会写作又好又快。他成为一个好作家，一个特别精确又心灵手巧的艺术家，在大自然这位母亲和大自然老师的带领下，好像主要不是学习而是回忆。

他这样武装了自己，便冲向蛮荒地带，冲入森林、危机四伏的沼泽地，成为野牛的挚友，做熊的客人，吃野果，在灿烂的天幕下睡觉。无论到哪儿，如果运气好，发现一只珍禽，他就留下来，野营为家。其实，有谁督促他呢？他没有召唤他的家室，没有盼他回去的妻子儿女。他倒是有一个家庭，不过是他观察和描绘的大家庭。他也有朋友：一群纯洁的鸟儿，落到他依靠的树上，同他交谈。

鸟儿啊，你们是正确的，眼前这位是你们的一个非常可信的朋友，他还能为你们争取许多朋友，让别人理解你们，因为在感情和心灵上，他本身也曾是只鸟儿。有朝一日，哪个行客进入你们僻静的领地，看见你们当中的一只在飞翔，在阳光下灿烂夺目，也许会艳羡它的身体，可是忽又想起威尔逊。为什么杀害威尔逊的一个朋友呢？这个名字重新回到他的记忆中，他就会放下枪口了。

再说，我不清楚，为什么要无止境地捕杀鸟儿，至少不知道为什么要屠杀在我们博物馆展出的以及威尔逊和欧杜蓬描绘出的那些种类。欧杜蓬是威尔逊的得意弟子，他的著作是同大自然并肩的一场战斗，书中记叙了鸟族、鸟卵、鸟巢、森林以及大自然风光。

　　这些崇高的观察家有一点出类拔萃。他们的感觉非常细腻、非常准确，不满足于任何大而化之的形容：他们认真观察个体。我想，上帝并不知道我们的分类：他创造某个生命，并不在意我们区分种类而臆想出来的线条。同样，威尔逊也不清楚笼统意义的鸟儿，而是明白某个阶段、某种羽毛、生活在某种环境的某只鸟儿。他了解，见过，经常见到，他会告诉您那鸟儿在做什么，吃什么，什么习性，总之，有什么奇遇，生活中有什么乐趣。"我知道一只啄木鸟。我经常见到一位巴尔的摩居民。"他这样讲述的时候，您一定要相信，因为，他同它们保持一种友好的、似乎像一家人似的亲密联系。但愿上天恩宠，我们也能认识我们谈到的这个人，正如他认识"某处"的鸟儿，和加罗林群岛的鹭鸶！

　　毫无疑问，也不难梦想，这个护鸟儿的人回到人群中的时候，找不到一个愿意认真听他诉说的人。他那独创性，闻所未闻的准确，他那"个性化"的描述（恢复，重新创造活物的唯一方法）中独一无二的智慧，恰恰是他获取成功的阻碍。无论书商还是大众，都只追求优雅、神圣而模糊的概括，完全信奉布封伯爵的这一告诫：概括，就是使之高雅，所以，就使用概括这个词吧。

　　还需要时间，尤其需要这位丰产的天才死后又造出一个同样的天才，即精细的、耐心的欧杜蓬。欧杜蓬的巨著名满天下，征服了大众。这著作表明，真实而形象地介绍个体，比起叙述艺术的牵强作品来，更为高雅和壮观。

　　慈爱的威尔逊的心香，在作品的美妙前言中表现出来，却不为人知，该有多么惋惜。有人可能认为这种心香有些稚气，但是，怀有一颗年轻心的人，读了都会不自觉地感动。


　　有一次我去看望一位朋友，看见他那在城里长大的孩子也来到乡下，刚跑到田野里采了一大束五彩斑斓的野花，急匆匆地献给母亲，说道："亲爱的妈妈，瞧我采来的花儿多漂亮啊！……哈！还会有更多是他的鲜花来到我们的树林里，而且更美丽，我也可以采来！对不对，妈妈，我还可以给您采来鲜花?"母亲接过花束，深情地微笑着，静静地欣赏大自然的这种简单而感人的美，对儿子说："是的，孩子。"孩子拖着幸福的翅膀走了。

我的期望就寄托在这孩子身上，而且惊人地相似。假如我的故乡以热切宽容的态度，接受我恭敬奉献的标本，如果她表示希望我再多给予些，那么我的最大愿望就会得到满足。因为，正如我那小朋友讲的，我们的树林里随处可见，我可以采摘许多别的种类，而且更漂亮。

1808 年于费城

# 战　斗

我们的亲戚中有一位妇人，住在路易斯安那州。她有个还在吃奶的孩子，每天晚上，她的睡眠受到一种奇特的感觉所困扰：好像有个凉爽光滑的东西吸了她的奶。有一次又是同样的感觉，不过她醒着。她跳下床，大叫起来，仆人闻声找来灯盏，到处寻找，翻过床来发现恐怖的乳婴：一条巨大的毒蛇。受此惊吓，她的奶水当时吓回去了。

　　勒瓦扬讲述在加普一次聚会的平静交流中，女主人突然大惊失色，恐慌地叫了一声。一条蛇爬到她腿上，还是条毒蛇，咬人后两分钟就能让人毙命。大家费了好大工夫才将蛇打死。

　　在西印度群岛，我们的一名士兵拿起放在地上的背包时，看见背包后面有一条毒性最大的惊人的黑蛇，他正要把它打死，却被一个好心的印第安人劝告住了。那印第安人讲了情，拿起蛇，被咬了一口，当场毙命。

　　这就是炎热气候中大自然的恐怖。不过，现在爬行动物早已快绝种了，不是最大的危害了。无时不有，无处不在的危害，却是昆虫了。昆虫到处都是，什么里面都有，而且采取各种方法接近人：行走、游泳、滑动、飞行；空气中就有，人喘气时都可能吸进去。眼睛看不见，把人叮疼了才有感觉。不久前，在我们的一个港口，一名档案员打开从殖民地运来很久的纸箱。一只蝇子从箱里飞出来，跟着并叮了那人，后来那人两天就死了。

　　美洲那些海盗是最有免疫力的人，他们也说他们最怕的危险和疼痛，就是被虫子叮咬。

　　虫子经常看不见也捉不到，却又无法抵抗，它们本身就是危害，想逃也逃不了。它们大批进犯的时候，用什么来抵抗呢？有一回在巴巴多斯，有人见到一支大蚂蚁大军，不知受什么影响，排着密集的队列从四面八方向居民区挺进。要杀是杀不完的。根本无法阻止它们。幸而有人想到将火药撒在它们爬行的路上，点起大火。熊熊烈火将蚁群吓得落慌而逃，蚂蚁洪流才慢慢消退。

　　将中世纪使用的奇特武器，从武器库里完全拿出来，从外科手术的刀剪铺里，搬出成千上万种现代技艺的工具，也比不上热带昆虫天然的恐怖武器，比不上它们的钳子、夹子、牙齿、锯齿、突角、穿孔器，比不上它们致命的用来战斗和手术的各种工具。它们用这些工具武装起来进行斗争，不但极为灵敏、巧妙，而且极为凶狠地用来穿透，切割，撕裂，细细地分离。

再大的物体，也难抵御这种来势汹涌的军团的力量。给它们一艘战舰，怎么说呢？给它们一座城市吞噬吧，它们也胜任欢快。时间久了，它们在卡拉卡旁边的瓦朗斯城地下，掘出了深沟和墓穴，现在城市已经悬空了。这些饕餮族类，有几个可怜的被带到拉罗歇尔，它们就开始吞没那座城市，不止一座建筑物将要倒蹋：里面已经被掏空，只剩下躯壳了。

一个人被昆虫缠上该如何呢？真不敢设想。一个可怜的家伙喝醉了，倒在一具腐尸附近。正在分割死者的昆虫，绝分辨不出死者和生者，它们也占有生者，从躯体的每个孔道钻进去，充斥所有天生的空室。这个人就没活头了，在剧烈的痉挛中死去。

在灼热的地区腐烂特别快，所有尸体都是危险的，任何死亡都伴随着生命。加速生命灭亡的这些可怕的昆虫可以无休止的繁殖。一个尸体刚接触大地，就被抓住，受到袭击，被分割肢解，只剩下白骨。大自然因自身的繁殖力而处于危险境地，便呼唤它们，用炎热和含有大量蜜糖与有剧烈味道的物质刺激它们。大自然生出疯狂的猎手、贪得无厌的饕餮族类。比起秃鹫来，老虎和狮子还算是随和的、有节制的野兽，可是，比起这种24小时就能吞掉三倍于自身重量食物的虫子，秃鹫又算什么呢？

古希腊对待大自然，就是驾着狮子车的伟大而冷酷的库柏勒形象。而印度的湿婆则是生命和死亡之神，她总眨着眼睛，从不观注什么，因为她仔细审视，就会将所有生命变成粉末。在现实面前，人的幻想多么缺乏！比起生活以原子或以秒为单位，死亡、诞生、熊熊烈火灿烂辉煌的火热地方、人的编造又算什么呢？谁能面对致生命于死地的烈火而不惊惶失措呢？

旅行家不敢进入恐怖的森林，那种犹豫是显而易见的，因为在热带雨林中，大自然经常以迷人的形式，展开最拼命的搏击。游移不定是有道理的，只因清楚在西班牙，城镇周围只要栽种一圈仙人掌林，上面迅速就爬满蛇，那是最好的防御堡垒。热带雨林里一直能闻到浓浓的麝香味，那是难闻的气味，不祥的气味，表明您行走的地面全部是腐尸化成的尘埃；那是动物的腐烂的腥味，是山猫、鳄鱼、秃鹫、蟒蛇和响尾蛇遗骨的气味。

别看原始森林兴致勃勃，是大自然永远骚动而沸腾的熔炉，但是，那里的危险最大。

原始森林里整个一片黑暗，因为有厚厚的三层草木构成的拱顶覆盖：顶层是高大的树干，中间有交错盘结的藤条，下面则是三尺高的大叶杂草。有的区域，这类杂草深入到潮湿的泥地里，处于沉沉的黑夜，而上面一百尺高处，高挺的树冠迎着烈日茂盛灿烂的鲜花。

在阳光能照进的林间地域，狭小的缝隙中，终年糜沸喧腾，滋养着金龟子、蝶类、蜂鸟、活动的"宝石"。夜晚，那景象更加令人惊奇！夜晚便出现美好的梦境：数以兆亿计的萤火虫，不断地编织奇妙的图文，用光组成令人惊骇的幻像，用火表演意想不到的魔术。

除了这火灿灿的景观，底层还存在着隐没的种类，那是凯门鳄和水蛇的肮脏地盘。奇大无比的兰花，可谓热病的可爱女儿，腐臭空气的孩子。奇形怪状的植物蝴蝶，垂悬在高大的树干上，就好似要翩翩飞舞。在这致命而幽寂的区域，兰花尤其高兴，沐浴在腐坏的疫气中，从死亡中汲收生机，以其从来未所到的变幻的色彩，展现出大自然的迷恋。

您要自卫，千万不要退却，不要让您沉重的头受诱导。站起来！站起来！危险以千姿百态形式包围了您。黄热症就在这些鲜花下面，也就是 vomito negro。您的脚下有爬行动物。您感到很累，如果不扛住，那么由冷酷的解剖能手组成的浩浩大军，就会把您控制住，上百万把手术刀就会在您全身的肌肉组织上雕刻漂亮的花边，您整个儿的就会变成薄纱，如气息一样飘渺。

　　保佑我们的上帝，怎么样来对付这玩弄生命的死亡深渊呢？另一个同样饥饿，同样将生命玩弄于股掌的深渊，对人类却不那么冷酷。直到看见鸟儿了，我这才长吁一口气。

　　什么！是你们，充满活力的鲜花，长翅膀的黄玉和蓝宝石，难道是你们一直在护佑我？你们是救世主，奋力清除这种握紧倡狂而过剩的繁殖，只有这样子，才能开启危险仙境的大门。没有你们，嫉妒的大自然就会悄悄开始神秘的发酵工作，再胆大的造物也不敢不同意。在这里我算什么呢？如何防卫自己呢？能依靠什么力量呢？就是古代的猛犸，现在的大象，被上百万致命的螫针刺中，一定都无法存活。什么敢对付那种螫针呢？鹰可以吗？大兀鹫可以吗？不，它们都无法应对。得需要更强大、更勇敢的一个族类，那就是无法计数的一群群鸫鸟。

　　它们各种各样的兄弟蜂鸟，在潜伏危险的那种繁盛而僻静的地方，也能安然无恙地生活，同剧毒的昆虫为伍，栖息在阴森恐怖的草木上，只是那些草木的阴影就能杀死人。其中一种蜂鸟（带羽冠，浑身蓝绿色），生活在安的列斯群岛，鸟巢筑在树上，而那种阴森的芒齐涅拉树就令人毛骨悚然，如同幽灵，看一眼就能被永世冻僵，就能将所有生灵吓得四处逃命。

　　太神奇了！有一种鹦鹉却不惧与此，专吃这种恐怖树木的果实，久而久之外貌也似同化了，仿佛从树木阴森的绿色中，吸收到了它们引以为傲的翅膀的金属般的光泽。

　　蜂鸟，这些长翅膀的火焰，生活非常刚烈勇敢，不惧任何毒物。它们的翅膀扇动的频率特别高，肉眼都分辨不出来颤动，似乎静止不动，根本没有振动翅膀，只是一直在发出呼呼声，直到它一低头，尖利的喙从一朵花心，插入到另一朵花心，吮吸汁液，叼出许多小虫。整个行动迅速麻利，无可比拟，那动作疾如闪电，迫不及防，仿佛怒气发作。它在攻击什么呢？攻击一只它穷追不舍一定要杀死大鸟，攻击一个不等它就要凋谢的无法原谅的花朵。它发动火力，猛烈攻击花朵，将花瓣撕得四分五裂。

大家都知道，空气中的毒素，被叶子花朵吸收消化。这些鸟儿就以花朵作为食物。以这些芳香扑鼻的花朵的辛辣汁液作为食物，其实就是以毒素为食。好像就是汲取了这种酸性的汁液，蜂鸟叫声才那么尖厉，才总是狂燥不安，总显得满腹怒气。这种酸性汁液可能比阳光更能直接地，给蜂鸟染上奇异的光泽；羽毛和花朵镀上这种光泽，就更如钢铁、黄金和宝石一样了。

蜂鸟和人对比鲜明。人在这种地方，要么无法支撑要么死亡。欧洲人曾来此丛林边缘，试种可可或其他热带作物，过不多久便在此丧命。人落到最靠近动物的大地之点，也正是鸟儿杀敌取胜得以生存之点。鸟儿满身不一般的华服，华丽而丰美，天堂鸟儿的称号当之无愧。

这个长有翅膀的伟大族类，不管是什么羽毛，什么色泽，也不管形态各异，都是吞噬昆虫的能手，迅速捕捉爬行动物的猎手，它们翱翔在大地上空，仿佛人类的探路者，为人类净化并准备居住场所。它们勇敢地在这死亡的大海里游泳，尖声嘶叫呐喊，在恐怖的毒素上飞旋，汲取并藐视毒素。

在久远的远古，低级族类肆虐，世界人类无法生存，而鸟类站出来勇敢地与低级族类进行的战斗，却拯救了整个人类。这种战斗现在在全球恃续着，而四足动物，包括人在内，只能庇护在鸟翼之下。这始终是长羽翼的赫拉克勒斯的战争。

全靠这赫拉克勒斯，我们的生存之地才安全了。在非洲南端好望角，鹭鹰就帮助人类，对付爬行类动物。鹭鹰性情温和，安宁不急躁，去进行危险艰苦的搏斗。圭亚那的荒漠还无人敢居住，大喙巨鹳在那里也同样坚决守卫战斗。那里的沼泽地变幻莫测，一会儿积水，一会儿干涸，是危机四伏的海洋，在阳光照射下，里面好多无人知晓的恐怖怪物大量繁殖，但是也生存着一种高级居民，勇敢的净化工，高尚的战士——鹭鹰。它们身上还带着原始鸟类也许用来同恶龙勇猛战斗的盔甲的痕迹，头上长一根箭头，翅膀上也各有一根。鹭鹰用头上的箭头寻找，攻击敌人，另外两根箭头则用来自卫。蛇紧紧缠住鹭鹰时就会让箭头刺中，缠得越紧刺得越深，因此而丧命。

这种优雅而无畏的鸟，是远古世界的最后生物，作为见证这种被遗忘的搏斗的幸存者，在泥地上生死衍灭而进化繁殖。原始的烂泥就是污浊的襁褓。我不知道是什么精神驱使鹭鹰保持高尚的形象。它们那洪亮而尖厉地鸟叫声，在荒野上空回荡，向远处宣告高尚而骄傲的守卫者的神圣与英雄气概。它们的名字叫卡米齐，数量很少的一个族类。

鹭鹰是孤独的，一直看不起它们赖以为生的肮脏混乱的低级种类，它们的内心只有一份爱，在这种战斗的生活中，战友同伴就是爱人：它们相爱，一同作战，同舟共济。这是塔西佗所说的战斗的婚姻："同呼吸共命运。"鹭鹰一旦丧失温柔的伴侣，一旦丧失这种相互扶持战斗的温暖，就不肯再活下去，义无反顾的追随伴侣而去。

# 净　化

清晨，不是拂晓，而是太阳已经出来了，椰子树叶此刻也都张开，停息在这棵树枝上的四五十只黑秃鹫（小秃鹫），也纷纷睁开红宝石似的美丽眼睛。白天的劳作在呼唤它们。在懒惰的非洲，上百座黑人村庄需要它们；在沉睡的美洲，在巴拿马或加拉加斯南面，黑秃鹫是城市清道夫，要在西班牙人还没起来前，在骄阳未使尸体和腐烂物发酵时，就得清扫完城市。哪怕它们一天没这样做，整个地区就会变得混乱不堪。

等到美洲夜幕降临，黑秃鹫经过一天劳作，重又停息在椰子树上，而亚洲那边的天空则刚刚露出曙光。那里的秃鹫、小嘴乌鸦、鹳、白鹃，就和它们的美洲兄弟一样准时，从它们栖息的树上出发，开始一天的劳作：有的去田地消灭害虫和蛇；有的落到亚历山大港或开罗的街道，飞速地打扫清理城市。要是它们要稍一松懈，那么，瘟疫就会很快在那地区肆虐横行。

在两个半球上，大地的清扫就是这样迅速有序、完美而利落地完成。如果说太阳每天准时升起的话，那么大自然公认的清道夫们也是如此按时劳作，不让阳光看见这些颓废的死亡景象。

它们一点也不清楚它们所作的重要性。您走到它们身边，它们并不逃走。它们的伙伴，乌鸦，通常走在前边，为它们搜索猎物，发出警报，您就瞧吧，立刻漫天遍野飞来一群秃鹫，不知从哪里来，似乎是从天而降。它们生性孤僻，不通声气，悄无声息，可是却有上百只一起出现，而且不受任何惊扰。它们各司其职不拼抢争斗，毫不理会行人。它们非常认真负责，兢兢业业地完成职责：整个过程既迅速又干净，尸体处理了，只留下一张皮。一大堆尸骨，要是发酵腐烂，就会让人躲得远远的，可是一小会儿，经过它们的处理就都不见了，回到宇宙生命的纯净的浩海中。

但奇怪了！它们越是为我们效劳，我们越是厌恶它们。人们不肯如实地看待它们，忽视它们的重要角色，然而大自然把所有会危害高级生命的东西，都投入这造福于人类的活熔炉。因此，大自然给了它们一组出色的器官，能吸收消化物体，永远斗志昂扬，永远不会满足。它们吃掉一匹死去的河马，却一点不会饱。对于海鸥（海上秃鹫）来说一条死鲸鱼才算个差不多点的食物。它们啃啮肢解鲸鱼，把它全吞到肚子里，比捕鲸工人干得还利索。只要没吃完，它们就不会走。朝它们开枪，它们面对枪口无所畏惧，还要飞回来。什么都无法赶走秃鹫，勒瓦扬就击中过一只秃鹫，那只秃鹫就算受了致命的伤，却还赖在河马尸体上往下撕肉。它真的非常饿吗？其实不然：从它胃里能找出六斤食物来。

天生贪吃，胜过凶残。它们虽然一脸忧郁的样子，但是大多数却拥有一种精致的女性装饰：脖颈上的白色细绒毛。

一看到它们，我们就好像见到死亡使者，不过代表的是不是凶残杀戮而是平和自然的死亡。它们作为生物，如此严谨负责，是无可厚非的，实际上，不是清白无辜，倒是功绩非凡。它们具有处理、控制和吸收一切的能力，所以也就比任何动物更容易被外界左右，主要是气象、温度，尤其是湿度的影响较大，可以说是不折不扣的活晴雨表。一大早空气湿度大，它们的翅膀扇动困难，此刻，最弱小的猎物也能轻易从它们面前逃脱。它们就是如此被外界的大自然控制着。美洲的黑秃鹫也是这样，正如我们说过的，它们整齐地停息在椰树枝上，严格按照树叶闭合的时分，不等天黑就休息，第二天只等太阳高高升起，树叶重新张开时，它们才起床。

得益于这些出色因素，在许多我们无法触及的地方替我们在世间维护和保持生命的平衡我们才能省心不少。人们能留心到它们在城市里功不可没，但是谁也无从估量它们在充斥死亡的荒漠中所发挥的重要作用。在无法探测的森林、深不可测的沼泽地，在红树及其果实的恐怖的阴影下，一切的尸体在腐烂，而我们的净化工们则在马不停蹄地协助并缩短波涛和昆虫的行动。这种神秘而陌生的劳作即使停止片刻，整个世界将会一片混乱！

在美洲，法律不允许伤害这些公益之鸟。

埃及对它们的保护更多：尊敬和爱护它们，虽然不如古代那样崇拜了，但是人们还是遵从法老时代遗留下来友好对待它们的风俗。问问埃及农民，为什么他们任由鸟儿围绕鸣叫不已，为什么让小嘴乌鸦落在牛角上，落在驼峰上，或者大批地落在枣树上，眼睁睁地看着果实遭殃而毫无怨言呢？鸟儿可以任意妄为。它们是那个国度的元老，比金字塔资格还老。正是因为有了它们，人才能得以生存，如果没有白鹮、鹳、小嘴乌鸦和秃鹫一直不停歇的劳作，这儿的环境就糟糕得人无法存活。

因此，人对动物好感油然而生，对生命由衷地感到热爱和眷恋，而在东方，生命比任何事物都有魅力。西方则有其他关注的东西：美洲对土地和气候都无比钟爱。但是，亚洲的精神吸引力，即协调一致的感觉：在这个世界上，人与大自然不可分割，还完全保持原来的一体化，动物与人类亲如家人。对此有人可能觉得好笑，然而应当知道，那种信赖关系非常感人：人类一呼唤，鸟儿就成群飞来，甚至到手上啄食，而猴子带着妻子儿女在塔顶上睡觉，玩乐打闹，给猴崽儿喂奶，就如同在密林深处那样安全。

"在开罗，"一位游客讲道，"斑鸠被重点保护，敢于在闹市中悠闲地生活。我整天看见它们在我的窗台上叽叽喳喳，而那是一条狭窄的街道，很是拥挤喧闹，还正值一年中最忙碌的时候，不久就要过斋月，城里有好多举办婚礼的人家，日夜吵闹喧哗。宅第的平顶一般是闺中小姐及其女奴散步的场所，她们也被这些鸟儿骚扰。鹰也都大胆地栖在塔顶披檐上。"

侵略者们一向鄙视对自然生灵如此善待。波斯人、罗马人在埃及，英国人在印度，法国人在阿尔及利亚，经常虐待和捕杀人类这些亲密的朋友，古代奉为神圣的动物。一个冈比西斯人杀了圣牛，一个罗马人杀了白鹮或杀了可爱的生灵——猫。但是，那圣牛代表什么呢？那是丰收的象征。那么白鹮代表什么呢？它象征着卫生健康。如果杀了这些动物，那地方人类就无法生存了。在重重苦难中，拯救了印度和埃及，并一直维持鼎盛的，既不是尼罗河，也不是恒河，而是人的善心，对这些自然生灵的尊敬和温情。

赛斯的祭司对希腊人希罗多德说对的一句话耐人寻味："你们永远是孩子。"

我们西方人，感性而直率，我们对事理，只要无法更加简单、更加透彻的去理解，那就永远是孩子。是孩子，只能看到生活的一面；是成人，就能体会到生活的和谐美好。孩子淘气，经常打坏东西，他们以破坏为乐。孩子科学也是一样道理，研究一定伴随着杀害，看到一个活的生物，首先就是将它解剖探秘。我们在科学中，没想到尊重生命而停止探究，我们尊重生命，就能收到大自然的回馈，也就是它向我们揭露的秘密。

踏入地下墓穴，用我们文明而高雅的语言来说，那里面沉睡着"一种野蛮不科学的粗陋纪念物"；参观印度和埃及的收藏品，每看一件物品都能发现虽然幼稚，但也蕴藏深刻的直觉本能，也就是掌控生与死基本奥秘的本能。不要被形式所欺骗，不要认为这是由司祭之手创造的一件人工作品。透过繁杂奇特专门的祭祀形式，我到处感受到以人道而感人的方式产生的两种情感：

**竭力拯救所爱的人的灵魂**，使之免受灾难；

**人和自然友好相处**，对神灵派来庇佑人的生命的使者，无言的动物，怀有宗教式的尊敬和崇拜。

古人通过科学观察所阐明的事理：鸟儿是我们这个世界的守护神，是物质转化的催化剂。特别是在炎热地区，拖延会带来很多危险，而鸟儿总是如此准时迅速清除掉这些危机，如埃及人所说，鸟儿正是净化使者，接收并分解尸体，将其送回到宇宙生命的纯净领域。

拥有感恩的心的埃及灵魂，享受到了这种恩惠，如果不能将人，动物，带入和谐美好的幸福境地，它宁肯不要这种幸福。它不想一个人苟活，力图把动物和它的永生结合在一起，要让圣洁的鸟儿在黑暗王国一路陪伴，就仿佛被鸟载着飞一样。

# 死　亡

我在最烦闷的时候，为逃避时间的思索，就藏匿到大自然中，到了一家有很多珍贵解剖标本的博物馆，就是在这，我第一次见到蝰蛇的头。那颗头复制得相当逼真生动，放大了许多倍，可以与虎头和美洲豹头相媲，那可怕的形貌让人看了就觉得恐怖。这台强大的死亡机器，以非常乖觉警惕、惊人的预见武装起来，让人看个一清二楚。它不但拥有很多尖利的牙齿，而且牙囊巧妙地藏有立马致人于死地的毒液。它的牙齿特别细，容易折断，但是它又有这独一无二的长处来弥补这一缺陷：好比一个补牙店，咬折的牙齿，立场在原地补上。噢！这简直费尽心思！一直提防着不让受害者逃脱！大自然对这可怕的动物又投入了多少爱啊！……我不禁愤愤不平，说白点，灵魂都在战栗。我躲到大自然母亲的身边，却受到这样残酷而不公正的母爱的惊吓。

我郁闷至极，这一天思想更加混乱，似乎度过了冬季最黑暗的一天。我本来想去寻求大自然母亲的宽慰，出来时则感到被母亲给抛弃了，天主在我心中的信念力量似乎削弱了。

在我们的陈列馆里看到无法计数种类的猛禽，都觉得无法忍受那些情景，那些致命的鸟儿，是白天和黑夜的强盗，它们恐怖的脸孔，在白天看到也觉得吓人。观察它们凶残的武器，就不免很难受，我指的不是一下就能杀死猎物的令人胆战心惊的喙，而是爪子，那些尖锐锋利的爪，那些能抓住发抖的猎物、杀死它们前使劲玩弄折磨的可怕刑具。

噢！我们的地球是个充斥着暴力的世界，我是说还年轻，还没有进化定形的世界，处于残酷的统治之下，有黑夜！饥饿！死亡！恐惧！……死亡，倒是可以理解：我们的灵魂抱有相当多的信念和希望，来接受死亡，死亡是一种过渡、一种终结、一扇迎接新生的大门。可是，唉！难道痛苦就那么有效，非得处处推崇吗？……痛苦啊，我感觉得到，我到处看得见，听得到……我不想听，我要保持思路畅通，就只能塞住耳朵。我的心灵所有活动都停下来了，整个神经系统短路了，无法再做什么，无法再向前进了，为怜悯所毁，从此我的生活将会乏味，创作灵感就会枯竭了！

　　但是，痛苦不正是一种告诫，能教会我凡事预则立不预则废，早作准备，教会我们以分解的方式保存自己吗？这所残忍的学校意图抛弃它唤醒我们对一切有生命之物都要谨慎对待，这是生灵本身存在的一种剧烈矛盾，如果抛弃它，生灵就会飘浮在大自然中，减少幸福和温馨欢乐的感觉。

　　其实幸福有一种离心力，如果我们全身心沉浸在内，它就能使我们放松，就会忘懈涣获，回到要素中痛苦与之相反，在一点感受到，就如同向心力一样，收紧，确保生存，以此锤炼生命得以繁衍。

　　在一定程度上，痛苦是生命的艺术家，它用残忍刻刀细细塑造雕刻我们，去掉不要的累赘。而剩下来的生命更坚强完美，正

因为去除累赘而打磨得更加细致，我们才能拥有高级生命的
天资。

这些隐忍的思想是别人启发我们的。那人本身正承受着痛苦，观察透
彻，经常察觉（甚至在我之前）我的不安和疑惑。

他还说过：什么样个体造就什么样世界。大地本身也因痛苦而变得完
美了。大自然经由这些死亡使者的行为给大地加工。这些使者的种类越发
珍稀了，已成为见证地球远古状态的纪念物：那时地球上低级族类繁衍过
于旺盛，大自然则通过这些使者们来清除过盛的繁殖。

当时大地不可避免地发生几次连续的大围剿，我们可以乘思想之舟追
溯这一经过。

刚开始时，大地周围的空气不宜呼吸，植物便出来拯救。地表的这些
低级而杂乱的生物，漫无边际的繁殖导致过于旺盛，然后昆虫就来啃噬，
久而久之，植物的生长抑制了，昆虫的繁殖更肆虐了。于是，蛙类和大批
爬行动物又出世对付昆虫，而毒蛇在消灭昆虫方面也举足轻重。最后，高
级生命，长了羽翼的来了，但是也有阻止它年轻繁殖力的过盛的力量，那
就是猛禽的歼灭军团，例如鹰、雕和秃鹫。

然而，这些有益的歼灭者，随着它们必要性降低，数量也日渐稀少。
大量的小型爬行动物，主要在蝰蛇的捕杀下，变得越发珍稀了，蝰蛇也因
此极为罕见了。随着人的猎杀，或者小鸟儿赖以为生的一些昆虫的消失，
飞禽猎物的世界也变得冷清了，空中凶残的暴君也大量减少，甚至在阿尔
卑斯山区，也难得见到鹰了，如今以天价购买雕，则表明曾经最高贵的猛
禽之首，现在几乎灭绝了。

大自然就如此演变，井然有序地进行着。难道说死亡就能阻止住吗？
阻止的不是死亡，而是痛苦。

世界逐步落到最高主宰的控制之中，唯有最高主宰掌控生与死的有益平衡，能调节控制死亡，以便维持物种之间的均衡，根据各物种有益与否来给予区别对待、简化、缓和并调节（我贸然用这个词儿）死亡，使之速死以减少痛苦。

关于死亡，我们从未认真地提出质疑。死亡，难道不是生命轮回的一副简单道具吗？不过，痛苦倒是一种严重的、残酷而恐怖的异议。但是，痛苦终究会从大地上消失。痛苦的同伴，以折磨手段夺取生命的残忍的刽子手，在这世上也日益稀少了。

的确，我在博物馆看到昼夜出没的凶险的猛禽系列，对它们的灭亡就不怎么感到可惜了。我们出于自身的暴力本性，和对力量的欣赏，就算很喜欢看这些飞行军团，但也不能对它们致命的形貌所展现的低劣凶残天性无动于衷。它们的额头扁平得可悲，就很容易想象它们仗恃翅膀、鹰钩喙和利爪，就不必运用大脑了。它们拥有了飞行最快，力量也最大的强悍体魄，也就废弃了灵巧与思考。至于说它们如何勇敢，它们遇到的总是弱小的对手，这种勇敢又怎么能去展现呢？对手？不对，是受害者。一到严冬，饥饿迫使小鸟儿迁徙，它们大量就轻易落入这些愚蠢的暴君的喙中。这些无辜的鸟儿，头脑都胜过捕杀它们的猛禽，它们能歌善舞，是灵巧的建筑师，却无奈地被这些粗暴的家伙屠杀。夜莺成为老鹰、鸢的盘中餐。

扁平的额头就标志着这些暴君退化了。在赞誉最多的猛禽身上，甚至在高贵的雕身上，我发现了这种标志。雕的确高贵，这就也认同，因为雕与鹰和其他刽子手不一样，喜欢一下子击毙猎物，不屑于慢慢折磨致死。

这些贪吃凶残的猛禽头极小，和许多可爱的显然更聪明的小鸟儿对比鲜明。前者的头只显一个喙，而小鸟儿的头却有一张完整面孔。这些粗俗的愚蠢东西，怎么能跟这只红喉雀相提并论：这只聪明的、精通人性的小鸟儿，现在就围着我飞旋，时而落到我肩上时而落到纸上，看我写什么，要么凑近炉火取暖，要么飞到窗口，好奇地看着窗外，看看春天是否快到了。

如果要在猛禽中挑一个喜欢的，我怎么选呢？鹰也很好，秃鹫我也很喜欢。我在动物园里看到五只阿尔及利亚秃鹫，它们脖颈缠绕着极细的白绒毛，身上穿着华丽的灰色大衣，并排停息在横木上，就好似五位土耳其总督。在各种猛禽中，它们显得高大威猛，神态则无比威严。那种庄严肃穆的样子，好像流亡者，似乎历经了风风雨雨和政治动荡，只得离开自己的国家。

鹰和秃鹫到底有什么不同呢？鹰钟爱鲜血和鲜肉，但是也可以等猎物完全死了再吃。秃鹫极少捕杀，直接服务于生命，将尸体肢解，消化清理掉重新纳入为生命服务和生命大循环中。鹰大都以捕杀为生。秃鹫则不然，是生命的仆人。

很多好战的民族，像鹰一样凶残杀戮成性，因为崇拜鹰的健美和力量而选择它为象征，波斯人、罗马人都是这样。人们把鹰和这些大帝国的狼子野心联系在一起。一些严肃的人，例如亚里士多德，竟然认同可笑的寓言：鹰注视太阳，还让雏鹰凝望大阳，以此考验它们。学者们一旦走上这样的轨道，就无法停下来了。布封走得更远，他甚至称颂鹰的"节俭"！他说鹰并不把猎物吃光。事实上，要是猎物很大的话，鹰就在原地吃饱，不会往家里搬运。布封还宣称，这位天空之王"不屑攻击小动物"。然而，观察的结果恰恰相反。普通的鹰特别爱攻击最胆小的动物——兔子，花斑鹰则爱攻击野鸭。短趾白雕爱捕杀田鼠和老鼠，而且非常贪婪，抓住猎物往往不杀死就活生生吞下去。白尾鹰或白尾海雕还猎杀自己的幼崽，通常在幼崽未学会捕食时就把它们猎杀了。

我在勒阿弗尔附近观察所谓鹰的王者风范，特别关注了鹰的"节俭"的实际情况到底是怎样的。一只鹰在海上被人捉住，不过落到家境极殷实人家的手中，那是一家肉铺，不用奋力捕杀就有大量的肉吃，看来它非常满足于此。福斯塔夫式的鹰，它养尊处优着，再无意于捕猎和翱翔于辽阔的天空了。它不再"注视"太阳了，而是盯着厨房，为了得到充足的食物，就任凭孩子扯它的尾巴。

如果要按力量来排名的话，鹰也不是第一位，在《一千零一夜》中所称的岩石鸟儿，即大兀鹫排首一位，科迪勒拉山脉巨峰的巨鸟儿。那是最大的秃鹫，幸存也很少。那种秃鹫很危险，它只喜欢活吞猎物。它捕捉到一只大猎物，就尽量生生鲜活的吞下去，撑得动弹不得，就会被人乱棒打死。

为了辨别这个种类，就得查看一下鹰巢，那是在岩壁下面的粗陋建筑。拿那种拙劣的建筑比一比，当然比不上燕雀窝的那种美妙杰作，也比不上昆虫的作品，例如蚁穴，灵巧的蚂蚁在构建巢穴中技艺变化无穷，很是有灵性和预见性。

如果看到（在威尔逊的作品中）一种小鸟儿，也比不上，羁鹅或者紫椋鸟对大黑鹰穷追猛赶的情景，看到它们不断骚扰大黑鹰，不让它休息，一定要把它赶出自己地盘的情景，您就会对大猛禽的勇猛的传说佩服就大打折扣了。那情景真是让人惊叹不已，只见那小英雄以体重加力量，声势浩荡的，飞向高空，再垂直跌落在这些强盗的背上，骑在上面不放，不用蜂刺而用小喙啄着驱赶它。

您不必长途跋涉到美洲，在巴黎的动物园就能看到，乌鸦和胡兀鹫（鹰鹫）就如此对比鲜明，小鸟儿显然占据上风，智慧显然胜过武力。乌鸦个头儿很小，是最小的猛禽，一身黑色羽毛，俨然教师，仿佛在教导它那被俘的粗鲁暴躁的伙伴胡兀鹫文明一些。观赏乌鸦怎样教它玩耍，可以说想尽办法地教它通人性，减少它粗劣的天性，那是件有趣的事。特别是观看的人比较多的时候，乌鸦更加爱表演。我觉得假如只有一个观众的话，它就不屑于展现它的才能。它很重视观众，有时对观众也不客气。我看见它将孩子扔过来的小石子叼起来抛回去。它强行要它那拙劣笨重朋友陪它一起玩这游戏，就是它们俩一人咬一端，拉抢一根木棒。表面上看这是强弱相争，这种模拟的平等最适于缓和这个粗劣伙伴的态度，胡兀鹫无动于衷，但在对方坚持下终于答应了，开始带着野性的天真凑趣玩乐。

乌鸦一点也不害怕这个有百战不殆的利爪和一下便能击毙猎物的铁钩喙的粗暴家伙，坚信自己智高一筹，勇敢地在这大块头周围转悠，从它的喙下抢夺猎物。等它发怒却来不及了，它的老师很是灵活，那黑眼睛如宝石般闪闪发亮，早就观察出对方的反应，嗖的一声赶紧溜了，必要时往上飞一两根树枝，再戏弄对方。

这个可爱的家伙一袭黑衣，神态庄严肃穆，开起玩笑来倒一点不逊色。我走在南特的大街上，每天都看见一只乌鸦停在一条林阴路的入口处，它翅膀被修剪了，行动不是那么自由，只能戏弄戏弄狗以此娱乐。它一看到小狗就立马冲过去，那狡黠的目光一旦盯上一条大狗，它依然勇敢无畏。蹦蹦跳跳地跟上去，行动非常机灵而隐蔽，瞅准机会一下子跳到狗背上，用它那坚硬的黑喙狠狠啄两下，狗就嗥叫着抱头鼠窜。乌鸦心满意足，又回到原来的地方，恢复平静而肃穆的神态。谁也无法想象，这个哭丧相的家伙居然以这种恶作剧打发时间。

曾听说乌鸦仗恃群体精神和鸦多势众，常常胆大妄为，肆无忌惮，甚至在老鹰不在家时，溜进可怕的鹰巢里偷卵。还有更难以想象的，有人声称见过大群乌鸦跟守护家的老鹰下战书，用聒噪声把它耳朵震聋，请它出巢穴，经过搏斗夺走它的一只幼崽。

费尽心机，如此冒险，就为这点区区的猎物！事情如果属实，不妨这样推想：谨慎的乌鸦共和国经常受那里的暴君欺压凌辱，便颁布法令消灭暴君族类，大家一致觉得要不怕牺牲勇敢无畏，不惜一切代价实施法令。

　　乌鸦的聪明表现在许多方面，特别是在选择住所上更是深思熟虑。我在南特城埃德尔河的一座山丘上观察，一群乌鸦每天日出从我头顶飞过，日落又飞回去。很显然的，它们在城里和乡下两边都有房子。白天，它们驻留在大教堂的钟楼上翘首观望，搜索着城市可能提供的好猎物。饱餐之后，它们再回到树林或能避风雨的岩穴，喜欢在那里度过漫漫长夜。它们居有定所，不是候鸟。它们重视家庭，特别依恋伴侣，夫妻非常恩爱，唯一的家就是巢。然而，它们害怕夜行的猛禽，就决定二三十只一起睡觉，要是发生搏斗，众多力最大。它们最害怕和讨厌的是猫头鹰，白天它们一旦发现猫头鹰，就报复它夜晚干的坏事，大声叫着追赶它，趁它行动不便就使劲折磨它。

　　乌鸦深谙合作之利。就像我们看到的，首先，最温馨的合作形式——家庭，但它们始终谨记防御联盟和进攻同盟。其次，它们还和强大的对手秃鹫合作，呼唤秃鹫，赶在它们前边或尾随其后，抢夺它们的食物。更有甚者，乌鸦还同它们的劲敌——鹰合作，不断在它周围飞旋，等它浴血厮杀，战胜一只大动物后，就享渔人之利。这些机灵的家伙在一旁观望，等到鹰吃饱喝足走后，剩下来乌鸦就可以好好享用了。

　　乌鸦显然比绝大部分鸟类都要强，这归因于它们寿命长，记忆又好，能总结生活经验。一般动物的寿命都与童年时间成正比，乌鸦则不一样，它们一年之后便成熟，据说能活一百年。

　　乌鸦是杂食性的，所有的动植物食品、无论活的死的它们都吃，这样，它们就积累大量知识，了解很多事物、掌控时间、如何收获和狩猎。它们兴趣广泛，爱好观察。我们的祖先比我们更与自然亲近，他们在许多凭经验还无法认识的事物上，就拿这种聪明非凡、经验丰富的鸟儿当作参考。

　　别看乌鸦小小的，一身黑色，形貌古怪，也别看它们为求生存，不择手段，它们在猛禽中却是智慧的天才，经常引导那些高贵愚笨的大鸟儿，这样讲也不怕那些高贵者听着不爽。

不过，乌鸦的小心翼翼，还仅仅是从实用出发，它们的聪明，还仅仅是由利害驱使。要想进入高级动物门槛，跨入飞禽的英雄，具有美好心灵崇高情操的伟大艺术家之列，乌鸦还必须减肥瘦身，减少肉体以利激发灵性和发展精神。大自然跟多数母亲一样，偏爱最小的孩子。

# 阳 光

"阳光！再来点阳光！"这是歌德临死之前的呼唤。这垂死的天才之言，也是大自然普遍的呐喊，回荡在所有的世界里。这位强者，上帝的长子——他那些最谦虚、最不怎么与动物生活的孩子——之一，他所说的，正是软体动物在海底的心声，它们并不愿生活在没有阳光的地方。花儿需要阳光，它面朝阳光，如果离了阳光，它便会枯萎。我们的亲密朋友——动物，也和我们一样，快乐或忧伤，全凭太阳来决定。我那才两个月大的孙子，天一黑没了阳光就会大哭不止。

这个夏天，我在花园里闲走，我听见、也看见了，树枝上有只鸟儿在夕阳下引吭高歌，它冲着阳光站着，显得兴致勃勃……我也被它和快乐情绪感染了。这么小、这么激情洋溢的聪明能干的生灵，它带给我的启示，是我们那些家养的、整天闷闷不乐的鸟儿所无法给予的……歌声令我颤抖……它昂着头，挺着胸：从来没有哪一位歌手，哪一位诗人能有这般天真，这般心醉神迷。不过，令它沉迷不已的，并不是爱情（恋爱季节已过），而明显是白昼的影响，是温柔的阳光的魅力！

　　野蛮的科学，自以为是的骄傲，把充满生气的大自然贬得一无是处，并把人类和他的低级兄弟分得很清！我含泪对它说："可悲的阳光之子，你在用歌反射阳光，因而你有充分的理由歌唱它！对于你来说，黑夜满是阳光和危险，黑夜意味着死亡。可是明天太阳会照常升起吧？"然后，由它的命运联想到其他生灵的命运，它们从大自然的深处渐渐地升上来，进入白昼。如同歌德和小鸟一样，我呐喊道："阳光，老天啊，再来点阳光吧！"（米什莱，《人民》）


鱼儿的世界是安静的世界。有话这么说过："沉默如鱼。"
昆虫的世界是黑暗的世界。它们全都是害怕阳光的，即使是那些如蜜蜂一样白天工作的，也更喜欢黑夜。

鸟儿的世界是阳光的世界，飘荡着歌声的世界。它们全都靠阳光生存，它们热爱阳光，从中吸收灵感。南方的鸟儿用它们的翅膀来反射阳光，而在我们这里生活的鸟儿，则将阳光融合进它们的歌声中。众多的鸟儿从南到北地都追寻着阳光。

"瞧瞧吧，"圣约翰说，"一大早，它们是怎样向朝阳问好的，而一到傍晚，又是怎样忠实地聚集在一起，观看我们苏格兰海岸的太阳慢慢过去的。黄昏时候，大松鸡飞上最高的那棵冷杉的树枝，在那里站立等待着，为的是看得更久些。"

阳光、爱情和歌，在它们眼里是一样的。不是恋爱季节你如果想让你捉住的蝉唱歌，可以用罩子将它的笼子罩上，然后突然照进阳光，它便会展喉高唱。被残忍的家伙们弄瞎了的燕雀，也会这样大声地唱，绝望而凄惨地，用声音为自己打气，用内心的激情铸造一个只属于它自己的太阳。

我通常认为，由于长期生活在阴郁的气候下鸟儿才会称唱歌。在这种气候下，太阳只会在天空稍纵即逝，而在阳光灿烂的地区，太阳是紧挨地平线的。比较而言，我们这些地区则是雾气笼罩、阴沉沉的，不过也有阳光明媚的时刻，一瞬间产生的效果就如夜莺的笼子被罩上，然后又被掀开一样。这就引发了歌唱，好像阳光一样的悦耳之声迸发了出来。

鸟的飞翔也与阳光有关。飞翔要靠翅膀和眼睛。有些鸟类视觉灵敏，比如隼，它能从高空发现灌木丛中的戴菊莺；又如燕子，它能在一千英尺外的远处瞅见小飞虫，为保证自己不会出差错，因而飞得平稳、潇洒、漂亮。其他的（可从速度看出）则视力不大好，它们飞起来小心谨慎，摸摸索索，生怕撞着了什么。

眼睛和翅膀，飞翔和视觉，它们的能力一旦达到很高的程度，就能让鸟儿看到享受，穿越无垠的景色、广阔的地区和壮丽的国度；能使得它们视觉开阔、感受千变万化的东西，不是把这些东西缩小成地图，而是踏踏实实、详详细细地看见；能让它们拥有跟上帝一样的感知，啊！那有多快乐啊！那是多神秘多奇特多无法理喻的幸福啊！……

请注意，这些感知是如此强有力，以致它们深深地印在了脑海中。可以说达到了这种程度：就连一只鸽子（属低等动物）都会再次认出一条道路上的所有意外事故，虽然这条道路它只飞越过一次。那么聪明的鹳、老练的乌鸦、智慧的燕子又会怎样呢？

认可这种优势吧。让我们心平气和地来享受这视觉带来的快乐吧，可能有一天，当我们的生活变得更美好时，我们也能感受这样的快乐。依赖眼睛和翅膀，一下子能看得如此多、如此远、如此清晰，能感知无限，这样的幸福，由什么来决定呢？由这样一种生活来决定：生活在充足的阳光下，远离阴暗。而这是我们一直的期望。

鸟儿的生活就好像已朝着这方面发展了。对于它，这种生活会觉得神奇无法揣测，如果，在这悠闲的自由中，它不得不承受两大不幸的话。正是这两大不幸使这地球仍然处于很浑沌的状态，极大地遏制了它的发展。

一是肚子的不幸，这不幸成了我们大家的累赘，还得天天跟这吞噬东西的炉子打交道。鸟儿被迫不停地换毛、找食物、漂泊、遗忘，无可救药地作徒劳的、过于频繁的迁移。

另一不幸是黑夜和睡眠，危机四伏时刻。在黑夜中，它的翅膀被折断无法展翅；在黑夜中，它不能自我防卫；它不能再飞翔，失去了力量。

对所有的生灵来说，阳光象征着安全。

对人和动物来说，阳光就是生命的保障，是令人心安、从容的微笑，是大自然的恩赐。它结束了在黑暗中蔓延开来无边的恐惧，结束了让我们忧心忡忡的日子，也结束了长夜痛苦的噩梦的摧残以及那搅得人心慌意乱的胡思乱想。

公众们联合起来，团结起来获得安全。置身于其中的人，无法去明白野外生活的烦恼。那是在大自然无法保卫你时，在她那发指的公正为与生同样合法的死铺路时。你祈求也是徒劳。她对鸟儿说，猫头鹰有活着的权力。她回答人："我得使我的狮子生存下去。"

有不幸者在旅行中被困在非洲的荒芜之地，又有可怜的奴隶逃离了人类的野蛮奴役，却落入了大自然更为野蛮凶残的控制中。请理解一下他们的恐惧吧。这多让人毛骨悚然啊，太阳一落山，狼和豺，狮子的险恶的侦察兵，便开始不怀好意地出没，在你身边转悠，在前面嗅来嗅去假惺惺地带路，或跟在后面等着收尸！它们冲着你哀嗥："明天，它们会来收拾你的尸骨。"这多让人毛骨悚然啊，瞧，它离得这么近，从冷酷无情的喉咙深处发出一声巨吼，恐吓面前可怜的猎物，强行要将他收入囊中！马儿支持不下去了，它瑟瑟发抖，冷汗直冒，身子站立了起来……而人呢，蜷缩在篝火的庇护下——如果他能点着火的话——勉强积蓄着力量，靠这光明维持防御，唯有它，保护他的生命。

黑夜对生活在我们的气候下的鸟儿来说，也一样恐怖，虽然我们的气候没有那么危险。它藏匿着多少可怕的东西呀，在黑暗中潜伏着多少危险令鸟儿胆战心惊呀。它的夜间敌人有这样一个共同点，即它们都是悄无声息到来。猫头鹰是用无声的翅膀飞翔的，像棉花一样轻巧。身子长长的鼬，不碰着一片树叶，就钻进了巢。嗜血凶残的榉貂动作迅速麻利，能在瞬间放掉父母和儿女的血，把全家都杀死。

好像是，鸟儿一旦有了自己的孩子，对这些危险的警觉性就大大提高了。它有一个家要保护，比起孩子一出世就会走的四足动物的家来，它的家，显得更加脆弱和可怜。可如何保护？它几乎只能等死，它不能飞翔，爱情折断了它的翅膀。一整夜，巢的狭窄的入口由公鸟驻扎着，它半梦半醒，疲惫不堪，把它那疲倦的喙和晃悠悠的脑袋暴露给危险。如果蛇的血盆大口或猫头鹰睁得大大的恐怖的眼睛出现在面前，它怎么应对呢？

它担心着全家，却无暇顾及自己。当它单身时，大自然可没让它受这般痛苦。确切来说，它现在是忧虑，沮丧，而不是害怕。它沉默着、消沉，把小脑袋藏在翅膀下面，而脖子隐匿在羽毛中。这个毫无自信的姿势，是它在蛋里时采取过的，那是在母亲幸福的怀抱里，在那里，它非常安全。现在，当它每天晚上身临险境、无法防卫时，采取的又是这个姿势。

度过漫长黑夜，对一切的生灵来说都是很难熬的，就连被保护的也如此。荷兰画家很天真地抓住了这点，并通过留在草场上的牲畜的图表达了这感觉。马走到其他同伴的身边，把脑袋搁在对方身上。奶牛则回到栅栏边，小牛犊紧随身后，它想返回牛栏。因为那里是它们的家，一个住处，一个帮它们对付夜间危险的藏身处。而鸟呢，它的屋顶只有一片树叶！

那又是多么的幸福啊，清早，当恐惧消失，黑暗退去，当小小的灌木丛被阳光笼罩着时，巢边上危险悦耳的鸟鸣声，多么热烈的交谈啊！这像是在彼此恭贺又见面了，还活着，接着就是歌的舞会。云雀冲出田野，飞上云霄，把地面的喜悦一直带上了天。

鸟这样，人也是这样，这是万物共同的欢庆。印度古老的吠陀的每一行都是在颂扬阳光，这守卫我们生命的神，这就是对太阳的赞美。太阳每天早晨在拉开世界窗帘的同时，也在创造它，保护它。我们又重新生活了，呼吸了，我们环顾我们的家园，发现全家人都安然无恙，我们清点牲畜群，一个都没少，生活如此完美。老虎没有攻击我们，野生动物那凶恶强盗没有入侵。凶残的蛇没有在我们睡着时出击。感谢你，太阳，又给了我们新生的一天！

印度人说，凡是动物，特别是最聪明的被称为"大自然的初轧板坯"的大象，会向太阳感恩，会在太阳刚出来向它致谢，它们会默默地吟唱一首感恩歌。

但只有一位说出了声，说出了全体的心声，它大声地唱着。谁？是弱者之一，是最恐惧黑夜而又最能感受到初见阳光的快乐的那位，是依赖阳光生存的那位，它目光温和、无比敏锐、开阔而又深邃，能察知一切意外事故；同时一旦阳光的不充分、消失和再现都有密切关系的那位。

鸟儿为整个大自然的早晨，唱着赞美诗，祝福白天的来临。它是她的神甫和预言家，是她的洁净而神秘的声音。

# 暴雨和冬天

　　大自然的知己，一个圣洁、天真而又深沉的灵魂，维吉尔，他看见了鸟儿，就如同古老的意大利格言所说，就如预测天气变化的先知所见：

　　　　没人告知，可所有人都感觉到了，雷雨……

　　　　鹤，惊慌地冲出山谷，

　　　　躲避那地里蔓延开的黑雾……

　　　　燕子低低地在水面飞翔；

　　　　蚂蚁在匆匆搬家，它担心自己的子孙。

　　　　阴郁的乌鸦黑压压的聚集在一起

　　　　惊裂了长空，而长空

　　　　在这长蛇阵下瑟瑟发抖……

　　　　看看海鸟，看看那些肥沃的土地哺育的

　　　　在小河边、鲜花怒放的岸边生活的，

　　　　只见它们聚拢在潮湿的栖息地，

　　　　把脑袋进贡给拍打岩石的波涛，

　　　　领着漂泊的大军在水上漫步，

　　　　潜进水里，在波浪上若隐若现，

　　　　再潜进去，形式多样地

预报着滂沱大雨已蓄势待发了。

寂寞、缓慢地飘浮在干燥的海边，

喑哑的小嘴乌鸦也在扯着嗓子呼唤雷雨。

暗夜，少女转动着纺锤，

在油灯里又看到了新的预示，

当燃烧的灯芯慢慢暗去，

……

噼啪作响地只剩下一堆灰烬。

可是危机又过去了……

海鸥不再徘徊在潮湿的海岸，

它在温暖的阳光下舒展湿漉的羽毛，

阴霾的雾，从山顶飘落到平原，

而忧伤的猫头鹰，夜晚，立在屋顶上，

不再凄凄的发出哀鸣，

就连乌鸦，也感知雷雨已停，

兴高采烈地在叶丛中游玩，

用不那么嘶哑的鸣声，宣布天晴，

并回巢里，查看爱情的幸福结晶。


　　由于是优秀的带电者，鸟类与气象、温度、磁等众多现象的关系比其他生灵更为紧密，而这些现象我们平时感觉不到，所以也无法判断。而鸟类刚出生，在生命的起始阶段，还不会叫时，就能感觉到它们。这就恰似它身体的一种本能。而人的感觉不那么敏锐，要等到发生后才能知道。有一种比人更接近自然的东西在准备利用这本能的先知。是什么？是占卜学说。人们虽觉得有点荒唐。然而却没有比这古代事物更聪明的了。

特别是气象学，从中获益良多。它以后将具有更可行准确的方法，但它已经从鸟类的预报中得到了启示。希望拿破仑在 1811 年是从北方鸟儿过早的路过现象有所察觉，是鹳和鹤提醒了他：它们提前迁移，使他猜到了寒冷的大冬天就要到了。它们急急忙忙南下，而他，则留在了莫斯科。

在大海中，劳累的鸟儿会栖在大船的桅杆上过夜，可是这一举措则把它远远地带离了它原来的轨道。但它却总是能轻易地找到。它和地球的关系非常紧密，而地球的方向性很明确的，所以，在第二天早晨，它便能果断地定出方位：稍微征询下自诚意愿即可。在枯燥的广袤无垠的大海上，除了航迹别无他路，可它却能正确选择出带它到目的地的路线。在海上可跟陆地上不一样，没有观察场所，没有定位点，没有指引的标志，只有与水流相关的风，可能还有摸不着的磁场，在给这勇敢的旅行者做向导。

神秘的本能！欧洲的燕子知道，昆虫在这里极缺，而在别处却非常充足，于是它纵向地旅行前去捕食。而在相同海拔和气候下的美国黄鹂，也能及时猜到法国的樱桃熟了，于是便立即启程去摘我们的果子。

人们曾经以为，这迁徙行为发生在特定季节，却不会固定具体的日期。相反，我们观察的结果表明，这是一个毫不犹豫、清醒的聪明的军团：动身时间的早晚不超过一个钟头。

我们在南特时（1854 年 10 月），季节还很美好。昆虫多，燕子的食物很容易找到，而且很丰富。我们侥幸地看到了那个智慧的团体，当时它们在举行一个大型集会，只见它们叽叽喳喳的，在圣费利克斯教堂顶上商量着什么。教堂傲视艾尔德尔河和旁边的卢瓦尔河。为什么恰恰是那天，那个时刻，而非另一天，另一个时刻？我们无从得知，不过很快我们就知道答案了。早晨，晴空万里，可是有从旺代省吹来的风。我的松树在低泣，被风吹动的雪松在低低地哀呼，地上落满了松果。我们弯下身来捡松果。渐渐地，天空乌云密布，灰蒙蒙一片，风停了，一切都变得阴沉沉的。就在那时，大约四点钟，从四面八方，从树林，从艾尔德尔河，从城市，从卢瓦尔河，从塞夫尔市，铺天盖地地飞来了一大群鸟，把天空遮得黑压压的，它们聚集在教堂顶上，用上千种鸣叫声吵吵嚷嚷，辩论着，商谈着。我们虽不懂鸟语，却也猜个大概，它们的意见不统一。也许，雏鸟们被这温和的秋风诱惑着，想留在这里。可是睿智的、经验丰富、久经历炼的旅行家却执意要走。它们赢了，这黑压压的一大群，仿佛一大片云，立即起身了，朝东南飞去，大约是朝意大利。没飞出三百里（约摸四五个钟头），倾盆大雨便从天而降，淹没了大地。刹那间，我们以为洪水决堤了，回到在风雨中摇晃的房子里，我们对长羽翼的先知们佩服得五体投地：它们是如此谨慎地引领着季节的潮流。

很明显，它们并不是因为饥饿而迁移的。面对一个看上去美好、物资充足的大自然，它们感觉到、并准确地抓住了时机，一点也没提前。可如果是第二天走，那就来不及了，昆虫都被这场瓢泼大雨打落，再也找不到了。所有信赖泥土生存的都躲到了地底下。

另外，也不是就与饥饿完全无关了，即对饥饿的预见决定了候鸟的迁移。如果说依赖昆虫生存的那些非走不可，吃浆果的那些没必要都走啊。是什么在让它们这么做？是寒冷吗？它们大多数很能耐寒。除了这些特殊因素外，还有另一个原因，是很普遍很必要的，那就是需要阳光。

植物必须要依靠阳光存活，软体动物（前面已说过）会上浮，游到光照较好的水域来生活，同样的，视觉特别灵敏的鸟儿会因为白天变短了，秋天浓浓的雾气，而变得闷闷不乐。出于这样或那样的精神上的原因，我们有时会希望光线不要那么强烈，但这对它来说却无比悲哀，意味着死亡……阳光，再来点阳光！没有阳光宁愿去死！这是最后一首秋之歌，如此的发自肺腑。当它们十月份动身时，我在它们的告别声中听到了这首歌。

　　一想到它们每年要经历两次长途跋涉，要飞越高山、穿过大海和沙漠，要经受各种不同的气候、变幻莫测的风，要克服种种险阻，要应对种种悲惨的突发事件，就觉得它们的决定是多么勇敢和大胆啊。对于轻盈、勇敢的海上飞鸟、教堂雨燕和机灵、不畏隼的燕子来说，这个旅途也许是轻松的。但是别的的鸟类根本没有这样的力量和强劲的翅膀，它们大多数因为食物易获不用捕猎而身体变得迟钝，它们经历了灼灼夏日，经历了恋爱和生育。雌鸟完成了大自然赋予它的重要使命：生儿育女，筑窝建巢，哺育子女；而雄鸟呢，它曾经那么起劲地歌唱！这夫妻俩消耗了生命："它们是高尚的代言。"

　　许多是可以待在这里的，但体内有种激情在澎湃着。身体是最笨重的，反而是最积极的。法国的鹌鹑穿越地中海，飞越阿特拉斯山脉，翱翔在撒哈拉沙漠上空，它在石油王国游玩，又匆匆离去，最后，它在开普敦落脚，因为再往前走就是南极洲的浩浩水海了，除了南极的浮冰和它逃离的欧洲寒冬，再也没有其他栖身场所。

　　是谁让它们这样大胆地踏上这漫长的旅途的？有的人信赖武器，而最弱小者依靠自己的庞大的群数，因此把自己完全交给命运来主宰。野鸽子对自己说："一万或十万只里头，我们的敌人连十只也逮不到，我肯定不会是其中之一。"所以它镇定自若。飘忽的云朵，越过黑夜。若是月亮升起，白色的翅膀在它的白光下几乎都看不到的。它们和柔和的月光融为一体，故而可脱逃。勇敢的云雀，我们古代高卢人的国鸟，因为无法言喻的愿望，也对数量深信不疑。它们每天通过（大都是一个省一个省地迁徙），大量死亡，遭到捕杀，可它们依然高唱快乐的歌儿。

　　可那些既没有数量，又没有力量的独行者该如何呢？你会怎样做，可怜的形单影只的夜莺？你也得像别的鸟一样，遭遇重大的意外事件，可你孤孤单单，无依无靠的。而你，朋友啊，你是什么？一个声音会就毁了你。你只要一不小心就会暴露你的声音。穿上暗装的你，只要悄无声息地飞过，那样就可与秋天的退了色的树木浑为一体。可是怎么！叶子还是深红色的，它没有那种意味着死亡的深褐色。

唉！你为什么不孤单在这儿？有那么多的鸟只是迁移到普罗旺斯，你为什么不向它们学习？在那儿，在一块岩石后面，我给你保证，你将会发现一个亚洲或非洲的冬天。奥利乌尔峡谷并不比叙利亚的山谷差。

"不，我必须走。别人可以留下。它们怎么去东方了？而我，我的故乡在呼唤我，我渴望重见那灿烂的晴空，那些闪亮的、装饰漂亮的废墟，我的先辈们曾在那上面唱过，我必须要在这陪伴我初恋的情人——亚洲的玫瑰上，我得享受这温情的阳光……那儿是生命的奥秘所在，是繁殖的火种所在，而我将在这熊熊情火中重新歌唱。我的歌喉，我的情人，就是阳光。"

于是，它出发了，可我相信，一靠近阿尔卑斯山，它就会心悸不已。白雪茫茫的山顶表明已到了那扇可怕的门，在那儿，在岩石上，停着昼夜出没的凶残杀手：秃鹫、老鹰，这些带有利爪、尖喙、嗜血的强盗，被人类描绘的臭名昭著的混蛋。一些是高尚的强盗，它们会让鸟儿速死，然后汲取它们的鲜血；另一些是无耻之徒，它们则先让鸟儿窒息，百般地折磨它们至死。

我想象，当时，嗓子不脆亮、既不灵巧又无计可施的可怜的小小音乐家，孤单的只有一人，在进入萨瓦省狭道的可怕的陷阱前，便停下来仔细思忖一番。它停在入口处，那是我熟悉的一幢友好的房子上，或停在夏梅特村的那个神秘的树林里，细细琢磨："如果我白天从这过，它们都驻扎在那儿；它们知道季节到了；鹰会猛扑上来，那我就死定了。如果我夜里去的话，雕鹗、猫头鹰，那群在黑暗中大睁着眼睛的恐怖的幽灵，便会抓住我，拿去给它的孩子喂食……唉！我该怎么办呢？我得尽量不在黑夜和白天时行动，在朦朦胧胧的清晨时刻，当寒露把停在平地上的愚蠢的大块头——它连巢都不会筑——冻僵、减弱力量时，我就神不知鬼不觉地过去……就算它发现了我，我也可以逃走，趁它还没来得及张开它潮湿的翅膀带动它那笨重的躯体。"

　　思考得很缜密。不过，意外事故还是发生了。清晨出发，它在这个长长的萨瓦省遇到暴风，风凶猛地刮着，扰乱它的计划，它筋疲力尽，再也扇不动翅膀了……天哪！天已经亮了……那些可怕的巨人，才十月份，就已经穿上了白大氅，在它们那无边无际的皑皑白雪上显现出一个振翅高飞的黑点。这些山本来就很让人压抑的了，还披着这长褶的大裹尸布，就更让人觉得胆战心惊！……它们的峰顶岿然不动，但它们在自己的下面和四周却制造出一种持久的骚乱，逆向刮来的狂风，在山峰之间肆虐，有时候异常猛烈，夜莺只得等下去。"哪怕我飞得再低，在黑暗中呼啸怒吼、夹杂着物体的激流，也会像龙卷风似的把我卷得无踪影。但如果我飞得高一点的话，上升到煜煜发光的寒冷区域，那我就等于自投罗网了：寒霜袭来，我无法飞快逃脱的。"

　　一番努力之后，它得救了。它一头载下去，掉落到了意大利。在苏泽或都灵方向，它筑巢修窝，恢复强壮翅膀。它又在伦巴第的巨篮底下了，这个用水果和鲜花筑成的大巢，维吉尔正是在那儿聆听它唱歌的。土地没有变。一如既往，被把自己赶出家园的意大利人，别人田地的阴郁的耕种者，苦难的犁地人，驱赶着夜莺。这样光吃害虫的益鸟，竟然被作为吃谷物的鸟而赶走。于是，它只要一有力气，便一个岛一个岛地飞越亚得里亚海，顾不上长翅膀的凶猛强盗仍旧守候在那些暗礁上。它也有可能会幸运地抵达鸟的圣地，好客而富饶的埃及，在那里，大家都被尊敬着，一律被喂养、被善待、被赞扬。

　　要是不是因为盲目的好客而去对那些凶手如息纵容的话，这块土地会更加幸福。确实，夜莺和斑鸠被不错的招待，可鹰的待遇也相当好。在苏丹王妃们的这些窗台上，在清真寺塔楼的塔尖上，啊！可怜的旅行家，我看见恐怖的、闪闪发亮的眼睛转到这边来了……它们发现你啦！

赶紧离开这里吧。你的季节已不在这儿了。毁灭性的沙漠之风猛烈地吹着，吹干、刮走了贫乏的食物。很快就连一只飞虫也找寻不着了，你的翅膀和歌喉将没有营养的滋润。别忘了你留在我们林间的旧巢，别忘了你欧洲的情人。那里的天空虽不那么明亮，可你能为自己打造一片天空的。爱情包围着你，万物因你歌声而激动，最纯洁的姑娘会为你心醉沉迷……这就是真正的太阳，最神秘的东方。只要有爱的地方就有真正的阳光。

# 迁　徙

燕子毫不客气地霸占了我们的住宅，它在我们的窗户下、屋檐下、烟囱里安营扎寨。它一点也不害怕我们。你会说，它信赖自己独一无二的翅膀，事实并非如此，它也把它的巢、它的孩子们安置在我们触手可及的地方。所以它成了房子的主人。它不仅侵占了我们的房子，而且连我们的心也一并占据了。

我岳父有一处作教室用的乡间住宅。夏天，他在教室里给孩子们授课，而燕子就在那里筑巢，一点也不受这家人活动的影响。它们毫不在乎，专心孵蛋，从窗户飞出，又从屋顶飞进，和孩子们热闹交谈，声音甚至高过主人，惹得主人用圣方济各的话嗔喝说："燕子小姐，你们就不能安静点儿吗?"

家园俨然成了它们的。母亲在那里建窝,女儿和孙女世代也在那里生活。它们每年都回来,一代又一代地,连接得可比我们要井然有序。家族绝嗣了,散了,房子易手,燕子却总回来,它捍卫着自己的领土和战果。

年复一年的,这个旅行家成了家园固定不动的代表。它对老家依恋到了如此程度:房子翻新修葺了,部分地拆除了,很长一段时间泥瓦匠的打扰,竟然丝毫不影响这些忠实的、记忆力非凡的常客们的频频光临。

这是"回归鸟"。我这样叫它,不仅仅是因为它每年都要回来如此规律,还取决于它的行为举止和它的飞行方向。它的飞行虽然变化万端,却总是呈环状的,不断折回来的。

它不停地打圈、旋转,不知疲倦地在同一个空间四周、在同一个地点上空盘旋,画出无穷尽的优美曲线,这些曲线形式多变,却不远行。难道是为了猎取它的猎物,那苍惶飞在空中的小飞虫?或者是为了在巢穴附近锻炼它的能力,加强它有力的翅膀?这都无所谓。这环状飞翔,这持久的回归动作,总是吸引我们的眼球,令我们遐想,令我们深思。

我们可以看清楚它飞翔的优美身姿,却始终无法看清它那小黑脸。那么你究竟是谁呢?你呀,总是躲避着,只让我看见你那强劲的翅膀,锋利的长柄镰刀,就如在寺院飞来飞去的那种鸟儿。不过,寺院的确是一去不复返了,而你却不忘回归。你飞近我身边,难道是看中了我。你从我身边掠过,难道是想触碰我?……你如此贴近地爱抚我,我都感觉到了脸上轻风拂过,感觉到你柔软温暖的翅膀挨着了我。这是鸟儿吗?是精灵吗?啊!如果你是一个灵魂,就请坦白地告诉我:生死相隔的最大阻碍是什么。我们明天也会死去,我们也许会振翅飞来再看一眼这亲爱的家园,我们工作和热恋过的地方吗?我们会用燕子的语言一直到那时还依然与我们知心的人交谈吗?

　　但是别着急，别打开痛苦的闸门。我们还是用老百姓的思想，用悠久而美好的谚语来看看怎么评价燕子吧，它们可能有更接近大自然的想法。

　　老百姓从燕子身上只发现了两大"年时"，即自然时间表和季节划分。在复活节和圣米歇尔节，在团聚、赶集、购物、船仓储备、收租金的那段忙碌时期，黑白两色的燕子都会出现，前来提示我们时间。它将上一个季节和下一个季节划分标识出来。那段日子里人们欢聚一堂，平时也不是总能相聚的。半年的时间使得这位或那位音讯全无了。燕子回来了，可看不到所有的人，因为有几位长途旅行去了，比周游法国时间还长，也许是周游德国？不，比这还远。

　　我们的旅行伙伴很关注燕子的生活，但有时回来时他们却找不到燕子原先的那个巢。谨慎的鸟儿借由一个古老的德国谚语告诉了他们缘由，这个小小的谚语是希望燕子能住在家里。以这个谚语为蓝本，大诗人吕克特把自己想象成一只燕子，重现了它那优美节奏分明的环状飞翔，那锲而不舍的回归，由此产生了一支让人啼笑皆非又很感动的歌：

　　　　年轻时候，年轻时候的一首歌
　　　　总在我耳边回响……
　　　　哦！多么迢迢，多么迢迢
　　　　那记忆中的一切。
　　　　以前唱的，以前唱的，
　　　　春天唤回的，
　　　　低翔着掠过村庄、拂过村庄的她
　　　　现在还在吟唱吗？
　　　　当我远去，当我远去，
　　　　衣柜和箱子满塞着，

当我归来，当我归来，

一切都空空如也。

哦，我的故园，

让我再一次地

坐在那圣洁的地方

让思绪飞扬吧！

燕子啊，它会回归的，

空了的衣柜会被装满的，

可空荡的心还是那样，

是什么都无法填补的。

它飞过村庄歌唱，

始终如一……

"当我远去，当我远去，

衣柜和箱子满塞着，

当我归来，当我归来，

一切都空空如也。"


　　当你用手捧着，贴近观察时，不可否认，燕子是一种又丑又古怪的鸟。这恰恰是由于它的优秀，它是百鸟中天生的飞翔者。大自然为达到这种结果，不惜牺牲一切：宁可外形丑陋，也要动作美丽，结果她大获成功，这种鸟，静态时很丑，而展翅飞翔时却是百鸟中最优美的。

　　镰刀翅，凸眼，无脖，无脚，少许或全无：就有一双健美有力的翅膀，这便是基本轮廓。再加上宽宽的总是张开的喙，它不用停下来，一边飞着一边就可叼住猎物，合上又张开。如此这般，它边飞边吃，边飞边喝、边洗浴，边飞边喂雏燕。

　　如果按直线而言，它的飞翔比不上隼闪电般笔直的飞翔，但是，它却拥有更多自由。它旋转，转上上百个圈，转出了一个个复杂交错、模糊不清的形象，转出了迷宫般变幻莫测的曲线，它和它们不断地交叉、再交叉，而敌人被转得眼花缭乱、晕头转向、稀里糊涂、不知所措。直至厌烦之极、精疲力竭，最终只得放弃，它就此逃过一劫。这才是真正的空中女王，由于动作无可比拟的轻巧灵活，整个天空都是属于它的。有谁能像它这样可以随心所欲改变冲刺方向，突然地拐弯？谁也不能。猎物总是在空中无章的飞行，像苍蝇、蚊子、金龟子，还有那千百种飘浮着的并不走直线的昆虫，因此要想捕食它们，动作就得变化多端，无法揣测。这无疑是最好的飞行培训，它使得燕子在所有鸟中更出类拔萃。

　　大自然为了实现这一目的，为了创造出这举世无双的翅膀，作出了一个极端的决定，即去掉燕子的脚。在被人们称之为雨燕的教堂大燕身上，脚是萎缩的，所有的力量都转嫁到翅膀上：据测定，雨燕每小时能飞45公里。这惊人的速度使它可与军舰鸟媲美。军舰鸟的脚是很短小的，而雨燕的脚只有一小截：假若它停落，那便是用肚子停留，所以它几乎不停歇。与别的一切生灵相反，运动便是它的休息。要是它在空中转圈，尽情地展翅，那空气会爱怜地摇晃它，托住它，给它轻轻按摩。要是它想攀住，那细小的爪子就可以做到。可一旦它停落，那就会如同瘫了一样，会感觉到整个表面的坑坑洼洼，万有引力会随之残酷地吸住它，丑态尽出就像是变成了爬行动物。

　　从一个地方起飞，对于它是最难的：因此，它把巢筑得高高的，这样它起飞时就可以让自己落在适合的自然环境里。落在空中，它是自由的，是主人，否则，它就沦为奴隶，它被一切东西掌控，谁逮住它，它就得任人摆布。

　　真正能恰如其分解释的这类鸟的名称，是希腊叫法："无脚"。这一大群燕子品种共有六十个，广泛分布在世界各地，以其优雅的仪表、优美的飞翔姿势和悦耳的鸣叫声使大地充满欢乐和魅力。它所有这些可爱的品质都得益于肢体的残缺：只有很短小的脚。它凭借其天赋，用一整套全面的飞行技能而独占鳌头，而另一方面，它又是最朴实低调、最恋巢的。

这独特的一族，由于脚的缺陷无法代替翅膀，所以对雏鸟的训练着重于翅膀方面的训练。在整个学飞的过程中，雏燕要在巢里待很久，长时间的嗷嗷待哺，还要培养榜样性的母爱。这最活跃的鸟类，是靠心相互关联。巢并不是用来暂住的旅店，而是一个家园，一个住所，一个进行艰苦训练和互相付出互相关心的场所。这里面有一个慈爱的母亲、温柔的妻子，我在说什么？根本就不止这些，还有热心帮助母亲的小姐姐们，它们自己也担当起了小乳燕的母亲和奶妈，这里有母爱，有长对幼的悉心照顾和谆谆叮咛。

更高尚的是，这种友情拓展了：遇险时，所有的燕子都是姐妹，只要叫一声，全体都会飞来；只要有一个被抓住，众燕会齐发哀鸣，齐心协力来解救对方。据推测，这些可爱的鸟会把自己的爱延伸到甚至是异族身上。因为拥有极其轻盈的翅膀，它们不像别的鸟类那样惧怕猛禽。猛禽一旦出现，它们就立即向家禽报警。鸡和鸽子一接到燕子的警报，就会缩成一团，找地方躲起来。

老百姓相信燕子是飞鸟世界里最具善心的，他们是对的。

为什么？因为是最自由的，所以也是最幸福的。因其赏心悦目的飞翔而自由。因其极易取食而自由。因其随气候迁移而自由。

因此，不管我怎么关注它的语言（它跟自己的姐妹交流时态度比她唱歌时还要友好亲切），我也从来没听到它抱怨生活，咒骂上帝。

自由！多令人向往啊！我在都灵的大广场上不住地小声念叨着这句话，而我们在那儿兴趣益然地看着无数的燕子飞来飞去，欢快地鸣叫着。

它们从阿尔卑斯山下来，在那里发现了现成的鸟窝，这些窝就安在窟窿里，那是脚手架在搭建房屋时留下的。有时，特别是在晚上，它们常常在高高的地方吵吵嚷嚷，都叫人没法听见彼此的说话声了。它们还老是猛地冲下来，几乎是掉了下来，擦着了地面，可是又快速地飞起，就仿佛是从弹簧上弹出的，或是从弓上射出的。和我们不同，我们是不停地被召回地面，而它们却是被吸引到高空。我从未见过看上去如此极端的自由的画面。这是游戏，是永不停歇的娱乐。

身为旅行者的我们，却乐此不疲地观看这些无忧无虑、欢欢喜喜去朝圣的旅行家们。此时，被阿尔卑斯山包围的天际看上去无比威严，而群山好像离得近了。黑色的枞树林已淹没在暮色中，而冰川却依然闪烁着白色的光芒，只是光已渐渐暗淡。这些高山的双重屏障阻隔了我们和法国，不过我们很快就要开始前往了。

# 温带地区的和谐

燕子和很多其他的鸟，为什么把自己的巢筑得很靠近人类呢？它们与我们交朋友，参与我们的劳动，并用它们的歌声带给人们轻松愉快，这是为什么？这种友好而和谐的幸福情景，正是大自然想要的，不过这情景却只有在我们温带地区的气候下才会出现，这又是怎么回事？

这是因为，在这里，鸟和人这两群体，摆脱了那不堪忍受的厄运，而在南方，这厄运使他们分开并对立。炎热，使人衰弱无力，不过，却刺激了鸟，使它变得热情高涨、焦燥不安、尖刻激烈。这些情绪都通过嘶哑的叫声传播了出来。在热带地区，人和鸟是完全不一样的，即使他们同是专制、野蛮的大自然的奴隶。却完全不同，正是这大自然蛮横强加给他们的。

从那热带气候转入我们的温带气候，便是进入了自由。在热带，我们对大自然忍气吞声，而在这里，我们主宰她。我很乐意转身离去，眼睛却离不开那酷热难当的天堂，在那里，我这个赢弱的孩子，曾有气无力地躺在身材魁梧的奶妈怀里，她以为是在喂我奶吃，实际上我却觉得那是浓烈难喝的饮料。

这里的大自然我生来就很适应，她是我的合法妻子，我认得她。首先，我们很相像，她和我同样的严谨认真，勤劳俭朴，她本能地热爱工作，坚韧不拔。

她用更迭的四季平分了一年，就像工人的一天，从工作到休息轮换着。她从不主动送人任何成果，她只提供怎样获得这些成果的东西：技能，积极性。

现在，我为在这当中找到了自己的形象观欣不已，找到了我的理想，找到了我辛勤而睿智的创造！经过我的精雕细琢，她焕然一新，体现着我的业绩，向我本人再现着我。我一如既往地看待她，那时，她还没有被人的这番创造，还没有被改造成人。

乍一看，她是忧伤孤独的，可她给我们提供了无可比拟的森林和草场。

英国和爱尔兰有绝妙的绿地毯，那上面的草一直在更新，形成的草地柔软而娇嫩——不同于亚洲大草原，不同于非洲的多刺又不怀好意的植物，也不同于粗犷的美洲大草原，在那里，连最弱小的植物都是木质的，是坚硬的乔木质地。欧洲的草场由于拥有生命短暂的一年生植物和淡淡香气的朴实小花，而显得青春洋溢，说得更清楚点，它很纯洁，它和我们的思想相协调，并滋润着我们的心。

这片谦恭而温顺的草，不愿长得更高，而在由这片草构成的表层，一些茁壮生长的树却显现出其强烈的个性，一柔一刚形成鲜明对比。它们和南方森林中无比杂乱的植物截然不同。

谁能从一大堆藤本植物、兰科植物、千百种寄生植物中把树给找出来呢？要明白那些树本身也是草本的，混杂其中被湮没了，而在我们高卢和德国的原始森林里，坚强而庄严地耸立着榆树和橡树。它们生长缓慢，质地却结实牢固。多胳膊腿儿、铮锃的植物硬汉，八个或十个世纪中一直胜利着，现在却被人类打败了，去参与人类的工程，向它们展现着大自然永恒的作品。

树和人都是这样。希望我们有可能像它，像这强壮而安静的橡树，其强大的吸收作用汲取了一切养分，并把它们变成威严、有用、牢固、坚实的个体。大家都毫不怀疑地向它寻求支持和保护，而它，则慷慨地向各种动物伸出援助之手，用它的树叶替它们挡风遮雨！……同时，它们则心存感恩、不分昼夜地用上千种声音，为这严肃、古老的时间见证人增添着欢乐和喜悦。鸟儿们用歌声、爱情和青春，回报它，为它慈父般的绿荫增加着魅力。

西方气候中令人震憾的活力啊！这橡树为何能活上千年？因为它越活越年轻。

春天何时来临，是由它来宣布的。当整个大自然披上一层蒙蒙的绿色时，对我们而言，新生命的激情并没有开始，因为那不过是春天序曲的前奏。当我们看见橡树从它那去年残留的叶丛里吐出新芽时，春天才算来临了。而这时，榆树让迫不及待的低等树从面前过去，它自己那淡绿色、娇嫩、朴实、轻柔的小树枝，则在大自然中不动声色地展现着姿色。

于是，大自然开口说话了，她强大的声音震撼了智者的心灵。怎么能不呢？她怎么不神圣呢？所有的生命都在这瞬间觉醒了，从橡树坚强而沉默的心，直到它们枝的顶端——鸟儿歌唱其快乐的地方。这觉醒难道不和上帝的回归一样吗？

我在油橄榄树、橘子树四季常青的气候下生活过。这些优质树很挺拔，非常出众，不过我倒不是太喜欢，我只是看不惯它们那一成不变、乏味永恒的服装，它那绿色和天空永恒的蓝色相映衬。我总在等某件事，等一种更新，不过却没任何改变。日月交替，可全是一个样。地上绿叶依旧，天上云彩也依旧。"行行好，"我说，"永恒的大自然！你让我的心这么富于变化，那你至少要给我来点变化呀。雨呀，泥呀，暴风雨呀，这都行，可也得让变化这一概念从天上地下融入到我脑子里来呀，得让每年更新的景象唤醒我的心，让我看到希望呀，我祈祷我的灵魂可以重塑和新生，希望通过睡眠、死亡或冬天的交替，可以重新创造出别样的春天来。"

人，鸟儿，整个大自然，我们都有着相同的愿望。我们因为变化而存在的。

冬去夏来，日出雾散，喜忧更替，这些明显的交替都是由于我们西方极高的素质、强烈的个性。今朝雨下得令人烦燥不已，明日又会晴空万里。东方的华丽之物、热带的奇异景观加起来，也不如复活节的第一朵紫罗兰、四月的第一支歌、满树花蕾的英国山楂树、又穿上白裙的少女的欢欣。

清晨，一个大嗓门响起来了，声音宏高、清晰饱满、尖锐刺耳，那是乌鸦在歌唱，连满面愁容的人、忧伤的老者都禁不住微笑起来。

一个春天，我去里昂，沿途经过马孔的葡萄园，当时人们正在栽葡萄树。我听见里面一个女人的歌声，她年纪很大，穷困潦倒，还双目失明，非常可怜，可那声调却无比欢快，唱的是这支古老的乡村歌曲：

> 我们把大衣裳脱下来了，
> 再换上那小件的。

# 鸟　类

　　"小气"的农夫，该词用来形容维吉尔可算很贴切。小气鬼，盲目者，确实是这样，他赶走了消灭害虫、保护农作物的鸟儿。

　　因为在阴雨连绵的冬天得不到一粒粮食，它便到处寻觅未来的昆虫：寻找幼虫巢，查看每一片树叶，每天都要捕捉上千只未来的毛毛虫，不过，它还得和藏在成堆的小麦里的成虫、躲在大片田地的蝗虫开战！

　　他只顾盯着犁沟，只顾盯着现时，无法看到也无法预见其他，意识不到那种重要的和谐一旦被破坏，将会造成多严重的后果。他四处奔走，倒处请求通过法令来消灭他必不可少的劳动帮手——捕食昆虫的鸟。而昆虫愚弄了鸟。得赶紧提醒这位放逐者。例如，在波旁岛，赶走了椋鸟但也付出惨重代价的：它消失了，结果蝗虫占据了该岛，它们祸害庄稼，并释放出一种呛人的干燥剂，使没有吃完的那些变得干枯。在北美洲，保护玉米的椋鸟遭遇也一样。就连麻雀，虽说它糟蹋谷物，可它更保护谷物。麻雀嘛，是掠夺者，是小偷，人们因此百般地咒骂它、驱赶它。结果在匈牙利，没有了田地一片混乱，无可救药，于是人们认识到，只有它能对付这场大战，打败在低洼地里猖狂的金龟子和成百上千的有羽翼的敌人。人们因此收回驱逐令，火速召回这支勇敢的战斗团。虽说它比较难管制，可照样是该地区的救星。

不久前在鲁昂，在蒙维尔山谷，小嘴乌鸦被驱逐了一阵。此后，金龟子便乘虚肆虐横行。它们大量繁殖幼虫，大肆扩建它们的地下工程，后来，有人指给我看的一整片草场的表面都枯萎，草根都被啃断，而一大片草地被轻易剥离，卷了起来，可以像卷地毯一样被拿掉。

只要是劳动，只要是人有求于大自然，就必须遵循自然界的法则。而这就是她的法则，这就是她的秩序：它周围、它上面的生命，是它的敌人，而通常也是它的客人，是危害它、啃啮它的食客。

没有自我保护能力的惰性生命，尤其是植物，因固定在一个地方，如果没有那精力旺盛的敌人，即食客，便只能等死。它们是冷酷的长翅膀的祛妖者，降妖者。

在热带地区进行的是对外的战争，在那里，妖魔遍布。在我们的气候里进行的则是对内的战争。这种气候里一切都深藏其中，比较神秘，也很深入。

在土地肥沃的炎热地带，昆虫，这些糟蹋庄稼的害人精，简直把所有的东西都吃遍了，在这儿，它们偷必吃的；在那儿，它们翻个底朝天：在野生的庄稼里，在失落的种子里，在大自然用来把沙漠盖住的水果里。庄稼长得很好，而种子和水果又异常丰饶。在这里，在人类用汗水浇灌的小小的田地里，它们替人收获，窃取人的劳动果实，甚至对人的生命造成威胁。

你可不能说："冬天是利我的，它会把敌人冻死。"冬天是会把敌人冻死，它尤其会把蜉蝣冻死，但是它本来也会自行灭亡的，而它的寿命已经比它赖以生存的花和叶的寿命还要长。不过，在死前，有预见能力的微粒确保了它的子孙后代，伪装、隐藏了它的子孙，即它的繁殖菌，把它存放在了别人找不到的地方。作为卵和幼虫，有时就是以它自己的面目，即鲜活的、成熟的、经过伪装的，这些藏得很隐蔽的家伙在泥土里休养，同时等待机会来临。这泥土是静止的吗？在草场里，我就看见它在蠕动，那是黑色的矿工，即鼹鼠，在继续做它的活。而在地上，在干燥之处，是一片谷仓，旷达的鼠在一大堆麦子上耐心地等待冬季的消亡。

　　所有这些都会在春天一涌而出。从上到下，从左到右，这一大群分成不同小组的啮齿动物，到时候各自都会互相帮助、轮流换班。这支规模庞大、士气恢宏的从大自然征来的军队，将前去掠夺人们的果实。分工非常完美，每一个岗位都事先布置好，到时候各就各位。每一位都径自奔向自己的树，自己的庄稼，它们的数量让人惊叹，达到每片树叶上都布满他们的身影。

　　要如何应对，可怜的人类？你有多少精力呢？要想追它们，你会飞吗？甚至，要想看见它们，你有千里眼吗？你可以杀死其中一些，可它们的队伍是那么壮大，杀死、踩死数千万，也还有大量的存活。你用铁器、火，不仅会毁坏庄稼，还会听见旁边有微粒大军在微微作响，它们才不在乎你的这点破坏，仍然在隐蔽地啃咬。

　　听着，我要给你两点建议，权衡一下，选择对你较有利的一个。

　　第一个可以开始实行的补救方法是，把所有的东西都投毒。给我把种子都放到硫酸铜里，让你的麦子裹上一层铜绿色。敌人可想不到这点，于是它们大惊失色了。要是去接触种子，它不死也得变蔫。你也一样，是呀，对你的身体也有坏处，但你不顾一切的计谋能帮助我们消灭害虫。这真是一个幸福的时期！先是憨厚的农夫投毒，然后这带铜绿色的麦子流传到面包师手里，用来发酵——办法很容易，人们很喜欢——于是小小的面团就发起来了，变大了，然后大家争着购买。

不，得有更好的方法。下决心吧，对付这么多的敌人，逃走并不可耻。不要去管它们，你在一旁观看好了。躺下来看，就像滑铁卢之夜那位英雄所做的那样；他受伤了，倒在地上，接着又爬起来，眺望天边；他看见了布吕歇尔，看见了数以千计的军队，于是他又倒下了，说道："他们太庞大了。"

你更有权利这么说！你是孤单地在面对谋害生命的大动员。你也可以说："它们好庞大呀！"

你会一直坚持说："你看这就是我们的福地，这就是潮湿的草场，我乐于看到我的牛隐没在草丛中，让我们把牛带去那里去吧。"

它们来得刚好。如果没有它们，这大群如云彩般庞大的、以血为生的昆虫怎么办呢？牛血好喝，而人血更甘甜。进来吧，坐在它们中间，你会受到盛情款待的，因为你是大餐。这些螫针、吻管、钳子，会在你肌肤上找到品尝美食的快感。它们就要开始在你身上开饮血派对了，这狂饮是为了这饥饿世界的狂舞，而这狂舞是会一直持续的，除非它们力不从心。你会看到无数的昆虫在诱人的源泉上打转死去，而这源泉，正是它用自己的螫针吸取的。你满身是伤，全身是血，浮肿虚胖，可你可别想休息。其他的又上来了，然后再是其他的，一直这样，没完没了。因为，虽然气候没有南方地区那样热气腾腾，相反，雨却一直在下，那温暖的淡水洋持续地吞没着我们的海滩，以高速的繁殖力产生着这些初生的、贪婪的生命，它们急于要爬上来，通过消灭人类来完成自己的重生。

不是在沼泽地，而是在西部高地，我看见了长满树木和草场的活泼、苍翠的山丘，我看见大片的雨水在上面徘徊，紧接着，阳光一晒，变为一道水汽，留下了覆盖着一层各种各样的动物性产品的土地，里面有蛞蝓、蜗牛等上千种昆虫，全是食量超大、天生长齿的族类，它们具有可以毁灭一切的可怕的器械、精巧的机器。只见它们四处蹦跳，往上爬着，往里钻着，像是我们已是他们的食物。因为无法对付这突如其来的一大群昆虫的闯入，我们便抱来几只什么都不怕的、贪吃的母鸡，来和它们斗。这几只母鸡，对它们的敌人的数目毫不在意，也不争夺，只管啄食。这些布列塔尼和旺代鸡，无愧于他们勇士的名字，它们以自己特有的方式作战，从而使仗打得更精彩。"黑鸡"、"灰鸡"和"下蛋鸡"（这是它们参战时的别名）全员出动，临危不惧。女空想家和"女哲人"虽说更喜欢保皇党的叛乱，但这场战役也是值得大书特书的。一只漂亮的黑猫是它们孤军奋战时的战友，一整天都在研究田鼠、蜥蜴的身影，驱赶胡蜂、吞吃斑蝥，即使这样，它在母鸡们面前仍是尊敬有加，而且一直保持距离。

对它们还有一句话要说，那就是惋惜。一切都完了，该走了。它们的命运会如何呢？虽说它们为我们尽了忠，但注定要被吃掉的。我们经过仔细思量，然后断然作出了决择。我们不无悲叹地用它们办了一桌丧宴。我们如此处理，是根据野蛮人的古老真理：他们认为，要死就最好死在喜欢的人手中，吃英雄，会变得英勇。

看到是如何应付这些形形色色的异类的，看到救世主是怎样从天而降（可以这么说）的，真叫人觉得场面煞是壮观。这些不一般的人在春天醒来，它们已经前心贴后背了，发出吡吡声、沙沙声、呱呱声、嗡嗡声，还可怕地跳动着。这支百万大军虽说五花八门，武器和特点都有不一样的地方，可都是有翼的，都享有圣神骑士团可以无处不在的特权。昆虫满地都是，不计其数，而鸟儿亦如此，外加翅膀灵活。因受热而正在长身体的昆虫，发现鸟儿近在眼前，而增殖的鸟儿呢，它没有奶，却得在这一时刻通过捕猎，用猎物养活一群人，这段时间才叫关键呢。如果鸟儿能养孩子，如果进食只是少数的鸟、个别的鸟的劳动，那么世界年年都要遭殃了。可如今是一群吵闹的、索要的、叫唤的"小孩子"，它们以十张、十五张或二十张嘴来要吃的，它们严格到了令雌鸟疯狂的程度：有二十个子女的山雀，由于不能每天用三百条毛毛虫来让它们饱肚子而感到绝望，甚至会到巢里去啄开雏鸟们的脑袋。

我们的窗户面对卢森堡公园。从窗户里可以了解到，冬天初至，有益的虫鸟大战便开始了。在十二月份，我们能够看到鸟在起初一年的劳动，正直而可敬的山鸫夫妇——可叫做翻叶器——正在双双把活干。雨后，太阳刚刚展露头角，它们便来到水塘，熟练而自觉地抬起树叶，不经过认真检查，绝不放过随意一个东西。

就如此，在那最阴郁的、天地仿佛死去的几个月里，鸟儿接着让我们看到了生命的景象。甚至在雪地上，山鸫也会向醒来的我们招手。冬季散步本就了无生趣，可我们散步时，四周总有金色羽冠的戴菊莺，总能耳闻它那轻快的小唱，轻柔如同笛声的呼唤。麻雀相对放肆，会出现在我们的阳台上，它们很准时，因为它们了解，我们每天喂它们两次，而且无须以自由为代价。

还有，当春天来临时，正直的劳动者便不再没有局限地讨要什么。当孵出的小鸟展开翅膀，它们便像吃了蜜般地领着它们来到窗台上，像是为了致谢和感恩。

# 劳 动

在针对鸟儿的愚蠢的评论中，最笨的莫过于针对啄木鸟的了。说哪种啄树的啄木鸟专挑健康、坚硬的树，即挑一种难度最大、可增加其工作量的树啄。明白事理者则多次指出，不幸的鸟儿是以食昆虫为生的，它是在寻找被虫蛀过的、相对好啄的病树，另外，这类树能使它们得到比较肥美的猎物。它和这些破坏分子——它们侵害到健康的树——作坚决的斗争，是在给我们帮大忙。国家就算不给它发工资，起码也应赐给它森林管理员的荣誉称号。可最终呢？作为享受工资，却无知的有关部门的主管人竟经常悬赏抓捕它。

但是，啄木鸟若不遭到诽谤和迫害，是无法当上劳动模范的。它默默地干着自己这一行当，足迹遍布整个世界。它服务于人、教育人和感化人。啄木鸟的服装千变万化，这位好工人大多数时头戴鲜红的帽子，这是它一般的外貌特征，其头顶厚实。它用作十字镐、锥子、凿子和刮软刀的职业工具，是它那切削得规规矩矩的喙。它的腿健壮有力，长有能使它抓紧、抓牢的黑粗爪，从而确保它在树上不会摔下来。它在上面以很扭曲的姿势一待就是好几天，总是从上到下地工作着。除了早晨，早晨是它伸展身体，朝各个方向活动肢体的时候，就像优秀工人所做的那样：他们先做一会儿热身活动，接着就不再离开岗位。它整天都在那儿专心致志地啄呀啄的，到很晚了，那啄声仍一直传来。它把工作时间拓伸到深夜，从而好多干一些活儿。

它的身体构造适合于一种聚精会神的生活。它的肌肉常常很紧张，这使得它的肉很硬，而且啃不动。它的胆囊一点也不小，似乎表明它明显有易怒，拼命三郎的倾向，事实是它一点也不爱发脾气。

人们对这个不一般的生灵想必有形形色色的看法。对这个至高无上的劳动者是褒还是贬，那要看你对劳动尊重与否，你自己勤劳与否，你把这般地点固定而一心一意的生活看作是上天的诅咒还是降福了。

人们也琢磨过啄木鸟是享乐与否，答案也五花八门，但按种类和气候来看，也许都是对的。我轻易地觉得，威尔逊和奥杜邦所指的也许是指美丽的金翅啄木鸟，此类啄木鸟可以在地处热带边缘的加罗林群岛上看见。他们觉得它比较快乐，相对活泼。在一个炎热而多昆虫的地区，这种啄木鸟很容易谋生。它的喙，弯曲而优雅，不像我们这儿的啄木鸟的喙这般坚硬，这似乎也告示着，它啄的树木比较好对付。至于法国和德国的啄木鸟，它得啄穿我们历史长久的欧洲橡树的外层，所以它的工具根本是另一种，一种方形的、沉重而结实的喙。可能它的工作时间要大大超过另一位。这名工人所处的环境比较艰苦，而且干得多，挣得少。特别是在旱季，干它这一行特别可怜，猎物都躲得远远的，找凉快去了。所以，它要求雨，总是叫道：雨呀！雨呀！大家伙便是这样来明白它的叫声的。在布尔戈涅省，他们称它为灰啄木鸟检察官。假使不下雨，就会停工，而且有可能肚子咕咕叫。

我们伟大的鸟类学家、杰出而聪明过人的观察家图斯奈勒，觉得它是快乐的。可他这样觉得是否误解了它的性格？他如此认为又是根据什么？按照它为了博得雌鸟的青睐而做出的好玩的卑躬屈膝状。可是，我们当中又有谁，在最规规矩矩的人当中又有谁，在这种情况下做出一样的决定呢？他因此称它为闹剧演员，街头卖艺者，然而在他看来，啄木鸟是很灵活的。对于一种飞翔能力很差的鸟儿来说，这样做可能是最明智的，尤其是面对一个异常高明的射手。这证明它是有思想的。如果是面对一个一般的猎人，它知道自己的肉难下咽，便会任其走近。可若是面对一个了不起的行家，鸟类的热心伙伴，它就可能受到惊吓，因为它将结束生命，被做成标本，用来填补藏品。

我请这位著名的作家再思量一下，像这样一种坚持不懈的工作，应该具备何种精神状态和情绪。光说不做是毫无用处的。像这样重复而漫长的工作，根本没有什么舒适可言，而舒适，是只有傅立叶称之为有内涵的工作才具有的。啄木鸟是一个个体户，是为自己的利益而干，所以它没有什么可抱怨的，它觉得夜以继日地工作，对它自己有好处。于是它用它那双结实的腿，采取一种很不舒服的姿势，在那里很执着地一待就是很长时间。它幸福吗？我认为是的。快乐吗？我觉得还有待思考。忧伤吗？一点也不。非常投入的工作使我们变得十分严肃，而作为回报，忧伤便一扫而光。

有些弱智的劳动者，或可怜的重体力劳动者，因为只能在休息才能想象出幸福为何物，所以必然会在一种认认真真的生活中看到命运的安排。德国城市的手艺人曾经说过，这是一个面包师，他在自己的柜台里好吃懒做，不努力工作，使可怜的老百姓挨饿，还欺骗他们，出售面包时还称不够分量。现在他可受到惩罚了，要不停地干，要一直干到最后判刑那一天，而且只能靠昆虫来养活自己。

相对于那些稀奇古怪的解释。我倒更喜欢古老的意大利寓言。比丘斯，时光（即农神）之子，是一个品质纯朴的英雄，他瞧不起那些迷惑人的爱情和喀耳克的巫术。为了远离她，他偷来翅膀，飞到了森林里。从此他不再具有人形，却多了一种神奇的预见和预言才能：还没有诞生的，他却能听得见；还不存在的，他却能看得见。

对啄木鸟还有一种很严谨、认真的评价，那就是北美印第安人的评价。这些英雄觉得，啄木鸟是个英雄。他们喜欢将一种啄木鸟的脑袋带在身上，那种啄木鸟便是"象牙喙啄木鸟"。他们觉得，它的热情、勇气将会传给他们。他们有这样的感觉理由是非常充分的，正如事实所证明。内心最坚定的人，因总是能在自己身上看到这个有着特殊意义的物品，而变得更加坚定。他对自己说："我会像它那样坚定、顽强。"

不过应当指出，如果说啄木鸟是英雄，那它不过是个只知道干活的英雄。除了干活，它再也没有其他爱好了。它的喙，十分的厉害；它的距，也十分有劲，这都是为工作而生就的。工作会让它全力以赴，以致任何事情都不会让它分心。工作使它专心致志，要求它施展自身的能量。

工作是千变万化的。首先要当个非常优秀的护林员，就得经验丰富、触觉良好，能用锤子，我的意思是用喙来给树做诊断。它得会听诊：这棵树的回音怎样，它在说什么，它身上有什么。听诊法是最近才用于医学的，可多年以来听诊法竟一直是啄木鸟的主要技术。它询问、探查，通过听来判断出树的组织的海绵状空洞。这样的树外表高大挺拔，因为树身看上去很健康，被航运部门用标记锤在上面做下待伐或需保留的记号。经验非常丰富的啄木鸟却诊断出它生虫了，被蛀了，有可能支撑不住而导致发生重大损失，有可能在造船时弯曲，或造成船舶进水，引起不幸事故。

啄木鸟将多次检验过的树据为己有，在那里安了家，住了下来，它将在上面运用诊病技术。这棵树内部空了，因此朽了，里面住上居民了，是一群昆虫住在里面，得敲敲城门。城民们将会乱了阵脚，它们想要逃跑，也许是从城门上，也许是从下面的下水道里。得有哨兵，既然没有，那就让唯一的围攻者来看住它们吧，它不时地朝后看，以顺便逮住逃跑者，一根极长的舌头用来干这个非常地适合，它射出来时就像一条小蛇。本次狩猎将会怎样，它没有十分的把握，而它的食欲倒在狩猎中变得十分旺盛，这便促使它聚精会神地干。它透过树皮和树木去看，它看到了敌方的恐惧，旁听了它们的会议。有时它会一刻不停地干下去，生怕会有什么秘密出口能使被围攻者脱身。

一棵树从表面看很健康，里面却被蛀了，变朽了，这对爱国的人士来说是一种可怕的景象，因为这使他想到了城邦的命运。在共和国开始由兴盛转向没落时，罗马就觉得自己像这棵树。有一天，啄木鸟飞来落在广场的审判席上，就在大法官的手下。罗马心咯噔一下子。老百姓的心里很不平静，一些凄凉的想法在他们脑子里时不时闪现。当被召见的预言者赶到时，他预言：假如此鸟不受惩罚而就这样让它飞走，共和国就会完蛋；假如它不飞走，它就会威胁到将它抓在手中的人，即大法官。这个大法官，叫埃里尤斯·蒂博洛，于是他刻不容缓地将鸟杀死，可他自己也很快死了，而共和国却又延续了两个世纪。

这个事件是伟大的，一点也不可笑。共和国得以延续，是因为她郑重地向这位公民发出命令，要求他具有献身精神，也是因为一颗伟大的心顺从地响应了她。这样的行为是会产生结果的，它会教育人，培养出英雄，它会使得城邦得以兴盛。

言归正传，再来谈我们的鸟。这位劳动者，个体户，伟大的预言家，也躲不开普遍规律。每年两次，它停止工作，一反严肃刻苦的样子，该说出来吗？变得十分可笑。和人类相比，它还是幸运的，因为它这种样子，一年只有两次！

可笑吗？它这是在恋爱，所以并不可笑，可爱的方式却令人发笑。它会很认真地穿上节日服装，披上最美丽的羽毛，用它那美丽的鲜红的红色，美化一下那张没有笑容的脸，然后便围着它的意中人转来转去。它的情敌也像它那样衣冠楚楚地围着意中人打转。

可是这些单纯的劳动者，就是为工作而生的，对花花世界的那一套一点也不懂，不会像蜂鸟那样，展示优雅的姿态和翩翩的风度。除了以相当笨拙的屈膝礼，表达它们应尽的责任和谦虚而礼貌的敬意，其他便什么都不会了。要说这屈膝礼笨拙，至少在我们眼里是这样的，而在要吸引的对象眼里，却不是这样的。它能取悦对方，这才是最重要的。选择由女王作出，根本没有争斗。多么善良而自尊的工人们！多么值得赞赏的习俗！其余的，则心里很不高兴地退出，可是却高尚而虔诚地保持着对自由的尊重。

中选者和它的美人，你以为它们会悠然自得地去做爱，在森林里游荡？根本不是，它们马不停蹄地开始干活。"向我展示你的才能，"它说，"证明我没有选错。"对一位艺术家来说，这是千载难逢的机会啊！它在激起它的才华。它从木匠变成了雕刻家，从雕刻家，又变成了几何学家。形状是有规则的，这神奇的魅力，对它来说就产生于爱情之中。

这正是安特卫普那位著名铁匠美好而感人的故事：甘丹·梅茨爱上了画家之女，为了赢得对方的爱，成了 16 世纪佛朗德斯地区最了不起的画家。

爱情把一位熏黑的火神，
变成了一位阿佩拉斯。

于是，有一天早晨，啄木鸟变成了雕刻家。以丝毫不差的精确度，雕刻出圆规才画得出的完美无缺的圆形，它凿了一个地道的半球形的漂亮拱顶。整个拱顶既有大理石和象牙的光滑，而且还具有保健和战略方面的功能。一个斜面外倾、可有效避免水渗入的弯曲、狭窄的入口，有利于防守，只需用脑袋和勇敢的喙，便可将其关闭。

怎么可能拒绝它呢？谁能不接受这位艺术家，这位勤劳的家庭顶梁柱，这位英勇的保护人？在这位既忠心又老实的捍卫者勇敢的掩护下，可以从容不迫地完成那烦琐而又神秘的生儿育女之事了，这是没有丝毫值得怀疑的？

因此，人家不再拒绝，瞧，它们在此住下了。此时为它们唱一支赞歌了，（赞歌！哦，赞歌！）大自然没有赋予它旋律方面的才能，即使这样悖逆是它们的错。但是，从它那欢愉悦身的声音里，人们不会听不出热烈的心声。

祝它们幸福！祝年轻、可爱的一代在它们的注视下破壳而出，快快成長! 猛禽不可能轻易闯入的。但愿那可怕邪恶的蛇不要来光顾这个巢! 但愿人们残忍的手不要来夺走这甜蜜的希望! 但愿, 特别是鸟类学家, 鸟类的朋友, 能只是远远注视这些地方!

如果能坚持不懈的工作、拥有炽烈的家庭之爱、对自由英勇捍卫, 必能令人肃然起敬, 也能阻止人类的残忍之手, 那么就没有一个猎人会去捕伤这高尚的鸟了。一位年轻的博物学爱好者把一只鸟闷死并做成了标本。他对我说, 他因为这场激战而生病, 他觉得愧疚难当, 自己好像成了杀人犯。

威尔逊好像有过一次类似的感受:

　　我第一次研究这种鸟, 是在北卡洛林州, 当时因为我它受了轻伤, 是伤在翅膀上。我逮它时, 它叫了一声, 那完全就像是孩子的叫声, 叫得那么响、那么凄惨, 甚至我的马都受了惊, 险些将我掀翻。我带它回威尔明顿市: 从街上经过时, 鸟不停地叫, 引得人们都从门窗里向外张望, 尤其是引出了一群惊讶不已的妇女。我继续赶路。回到旅店的院子里, 店主和许多人迎了上来, 显然是那叫声引起了他们的惊慌。设想一下吧, 当我为我自己和我的孩子要所需要的东西时, 他们要惊慌成什么样子。店主和其他人都惊呆了, 脸色苍白。我就这样逗玩了他们一两分钟后, 便拿出了我的啄木鸟, 结果引起了哄堂大笑。我把它带上楼, 放在我的房间里, 然后便去照料我的马。等一小时后再回来, 刚一打开房门, 便又听见了那同一种可怕的叫声, 这次好像是因苦于逃走的企图被发现而发出。它沿窗而上, 差不多到了天花板, 而就在天花板下面, 它已经开始凿了。床上落满了大堆的石灰, 天花板的板条已露出了差不多有十五平方英寸 (100 平方厘米) 的面积，而斜窗板上则凿成了一个可通过拳头的窟窿。若这样过一小时，它一定能给自己打开一个出口。我在它脖子上系了根绳子，然后把绳子绑在桌子上，便随它去了。我希望它活下来，就去找食物。再上来时，我听见它又凿开了。等进到房里，我看见它差不多毁了那张桌子，它把全部的怒气都发泄在那桌子上了。当我想把它画下来时，它啄了我好几口，它表现出来的勇气是如此崇高，如此不可制止，我都想把它放回它的老家森林里去了。它和我共同生活了三天，绝食，结果我很愧疚，就这样看着它死了。

# 鸣　唱

谁都能看得到，要是客厅里来了客人，且交谈又很热烈，那么，关在笼子里的鸟儿也会以它们的方式加入，偶尔啁啾或鸣唱。

这是它们普遍的本能，即使自由时也如此。它们是上帝和人类的回音。它们附和声音，附和说话声，并加上它们自己的诗，其天真、自然的节律。或类似，或对比，总之，它们使大自然变得丰富多彩。波浪的拍击声是低沉的，相反，海鸟的音律则是尖锐、刺耳的；摇曳的树发出的是单调的沙沙声，相反，斑鸠和百灵鸟却赋予其柔美和哀伤的叠韵。乡村苏醒了，田野里呈现出一片雀跃，云雀用歌声与之相呼应，把大地的欢悦带上了天空。

　　因此，在大自然的大型乐器演奏会上，在这奇妙的管风琴奏出的低沉的之上，汹涌的海涛之上，突现出一种乐章，那是鸟类的吟唱，是用琴弓热情地演奏的，并且总是一些高音，与低沉的背景音恰成对比。

　　这带翅膀的、热烈的天使之声，发自于一种紧张、繁忙且比我们的生活要优越的生活，发自于一种流动多彩的生活，它使在田野上作业的劳动者思想更加恬静，并向往自由。

　　春天到了，植物的叶子又长出来了，生命又复苏了。同样的，鸟儿归来了，它们又在恋爱，又在鸣唱了，动物的生命也因此获得了重生。南北半球的情况则截然不同，处于低级状态、尚在进化中的新生世界，渴望找到声音，哪怕只是一个。而它还没有能达到极致的心灵和生命之花——鸣唱。

　　世界这一高级层面的美妙、宏伟的现象，便是大自然用叶和花组合成的一场无声音乐会，倾听它的三月和四月之歌，它的五月之声，我们全体的人和鸟，都随着这和声有节奏地颤动。此时，最弱小的成了诗人，甚至是卓越的歌手。它们为自己的爱侣歌唱，赢得对方的爱情；它们为聆听者歌唱，赢得观众的掌声而且出于好胜心，纷纷做出了惊人的努力。人们也在接应着鸟和他们对唱。这样的和声在炎热的气候下是从未有过的。在那里，艳丽的色彩取代了悦耳的声音，但它却不能创造出一种纽带来。那里的鸟儿尽管羽毛高贵、美艳，却依然孤独。

　　与那些光彩夺目的精品鸟相比，我们这些地区的鸟类，外表显得朴实而内心丰富更贴近穷人。它们不大，可以说极少寻找美丽的花园、高雅的小径、茂盛的树阴。它们全都与庄稼人一起生活。上帝使它们存在着各个角落。树林、灌木丛、田野、葡萄园、牧场、池塘、山林甚至白雪皑皑的山顶，到处都上至高山，下至低洼，不论什么地区，不论地势如何，都有这悦耳的声音，因此，人类不论到哪里，上到很高处，或下到很低处，都能找到一支快乐和慰藉的歌。

天刚蒙蒙亮，牲畜群的铃铛随即从牲畜棚里响起，鹊鸰便围着它们蹦跃准备为它们带路。它和牲畜打成一片，和牧羊人亲密无间。人和牲畜都喜爱它，因为它使牲畜不受昆虫的打扰。它大胆地停落在奶牛和绵羊的身上。白天，它几乎与它们形影不离，晚上它便忠实地把他们带回家。

白鹊鸰也是坚守岗位的，它围着洗衣女来回飞舞；它迈开长腿一直跑到水里，并讨要面包屑吃；带着一种奇特的模仿本能，它摇摆着尾巴，像是为了告诉人们自己也在干活，以此来挣取自己的报酬。

云雀是出色的田野之鸟农夫之鸟。云雀是农民辛勤的伴侣，在农民那勤劳耕耘的土地上，处处都有它的踪迹，像在鼓励和支持农民。希望，是我们高卢人的名言，如此，他们把它尊为国鸟。这朴实的鸟儿外表寒伧，内心却丰富，而且善唱。

大自然好像亏待了云雀。它长着一对不适于在树上栖息的爪子，于是它就地筑巢，同可怜的野兔为邻，以犁沟作遮挡。当它孵化时，那段生活是多么危险不安定啊！得操多少心，担多少忧啊！一块草皮怎么能抵挡得住狗、鸢和隼的侵袭，怎么掩护这位母亲的柔弱的小宝贝。它匆匆地孵化，匆匆地哺育惊惶不安的雏儿。这可怜的鸟儿和它那忧郁的兔邻居难道不是一样的凄惨？

　　　　此类动物多悲苦，恐惧常伴之。

　　　　　　　　　　　　　　　　　——拉封丹


可是，事情往往就意想不到地发生了，由于天性快乐、善忘，或者说是轻率，总之由于法兰西式的无忧无虑，国鸟一旦脱险，便又能重新找回从容善唱的欢乐。还有一点也令人称奇：它所经历的危险、不安定的生活、残酷的考验，不但没有使它心肠变硬，还更善良、快乐、合群、轻信，发扬着友爱互助精神，如同燕子，必要时，云雀也会喂养自己的小妹妹。在鸟类中这是不多见的，所以它可以堪称是这方面的典范。

两样东西在支持和激励着它：阳光和爱情。它一年中谈两三回恋爱，它得生儿育女，然后经历风险、感受幸福，它得担负起各种意外事件的发生。不过，即使缺乏爱情它的阳光，而阳光可以使它振奋，只要有一缕阳光，就足以使它重视歌喉。

它是白昼之女。当白昼一开始，当天际泛白，太阳破云而出，它就如离弦的箭飞出犁沟，把欢乐的颂歌带上云天。这圣诗，如黎明般明亮，如童心般纯净快乐！这响亮有力的声音，在向收割的人们发出信号。"该走啦，"父亲说，"你们听见云雀在唱吗？"它跟随着他们，给他们鼓励，在炎热的夏季，它催他们入睡，为他们驱赶蚊虫。它把动听的声音，接连不断地倾泻在睡意蒙眬的少女侧卧的脑袋上。

"任何一种鸟的歌喉，"图斯奈勒说，"都敌不过云雀的歌喉，其唱腔丰富而多变，音色浑厚而圆润，声音稳定而悠长，声带柔韧而不倦。云雀可以毫不停顿地一口气唱上一个钟头，笔直地升到空中，直达千米高度，在云层抢风飞行，以到达更高处，行程如此之广，却不会丧失一个音符。"

"哪只夜莺能这么做呢？"

这阳光之歌，是对世界的一种恩赐。在阳光普照的国家，几乎都能找到它。不同的地区有不同的云雀：林中云雀、草地云雀、灌木云雀、沼泽云雀、普罗旺斯省克洛平原云雀、香槟省白垩云雀，还是属于不同世界的北极云雀。你也可以在盐碱地的大草原、被可怕的塔塔尔海峡的北风吹干的平原上找到它们。这是可爱的大自然锲而不舍的索取，是上帝慈母般的亲切的安抚！

可是秋天到来了。当耕犁后云雀收获昆虫时，北极地区的客人到达了：斑鸫恰巧在我们收获葡萄时赶到，它头顶王冠，英姿焕发，俨然是北方王，不过我们感觉不到罢了。在大雾笼罩的天气里，从挪威飞来了戴菊莺。小魔法师在巨大的枞树下唱着它那神秘的歌，直到严冬降临，它才决定加入到鸫鹩的行列中去，成为它们中的普通一员。小鸫鹩与我们同住，并用自己干脆清亮的乐声来取悦我们。

季节渐渐严酷，鸟儿都向人们靠拢。豁达的灰雀，忠实温和的一对儿，凄凄切切、轻声细语地前来求助。冬莺也离开了灌木，天快黑时，它带着微颤的哭腔，鼓起勇气来敲门。

临近十月冬天的头几个雾天里，可怜的无产者到森林里去取他一点点过冬用的木柴。一只小鸟被他的斧子声吸引了。它在他身边转来转去，为他轻轻地唱着它最温柔的小曲，想尽方法热情地对待他。这是好心的仙女派来的红喉雀，想告诉孤单的劳动者，大自然中还有人在关心他。

樵夫挖出根是前一天砍下的、埋在灰烬里的烧焦的木柴，并把它们堆在一起，刨花和枯树枝也在火焰中噼噼啪啪响不停。这时，红喉雀唱着跑来，与火和人共舞乐。

大自然裹着她的雪大鳖睡着了。人们只能听见北方鸟的叫声，这些鸟在空中显现出它们那尖锐的三角形；北风呼啸着，它拼命地往小茅屋的屋顶里灌。这时，小唱抑扬低回如笛声，以创造性劳动的名义，又前来抗议万物的奄奄一息服丧和停工。

行行好，开开门吧，给点面包屑和谷子。如果它遇见的是友善的面孔，便会进到房间里来。它对火是有感觉的。这可怜的小鸟从冬天到夏天又到冬天，体力就会有所增强了。

图斯奈勒愤愤不平地认为，没有一位诗人歌颂过红喉雀。他这么说是有道理的。可是这鸟儿本身就是诗人。如果有人能写下它的诗，便会发现，它完美地表达了蕴藏在它生活中的朴实的诗意。我家书房的这只，因为没有同类来听，便停在镜子前，也不打扰我，对着在镜中出现的另一个自己，低低地诉说着它全部的思想。下面便是大意，是一女性所写，她尽量记录下来的诗句是这样的：

> 我是可怜的
> 樵夫的伙伴。
> 秋天，
> 寒风乍起，
> 我给了他
> 最后一支林中曲。
> 他很痛苦，于是我唱，
> 穿着我缀金的丧服。
> 在凝滞的在雾中，
> 我又看见了天空。
> 愿这歌声令你愉快，
> 让你怀着希望。
> 愿它用梦想来抚慰你，
> 并把你带回到黑夜！
> 可是严冬将至，
> 我便来敲你的窗。
> 没有枝叶了，
> 可怜可怜小鸟吧！

是你秋天的朋友；

又来到了你的身旁。

天地万物抛弃了我……

樵夫，给我开开门！

在这粮食缺乏的时光，

小小的旅行家，

享用完一点面包屑，

便会在你的温暖中入睡！

我是可怜的

樵夫的伙伴。

# 鸟　巢

　　我面对着几个法国鸟巢写作，是我朋友为我收集的一套有趣的收藏品。我现在能够评价、核实作者的描述了，也许还能加以改进，假如我有限的写作才能，能使人对这样的艺术产生一点特别概念的话。这种艺术和我们的艺术有所不同，乍一看，你是不会相信的。你一看到那些东西，便知道它们是无可替代的。通过看和摸你会觉得，所有的比喻都是不正确的。这是另一个世界的东西。它们到底是高于还是低于人类的作品呢？两者都不是，可基本上是不同的，要说有共同之处，也只是就外表而言。

　　首先我们来回忆一下：这么精致可爱的东西，全凭技巧、熟练和计算。材料嘛，往往很简单，而且并不总是艺术家喜爱的那些。工具也不是很完善。鸟类没有松鼠那样的手，也没有海狸那样的牙，只有喙和爪（那爪根本不是手）。筑巢对它来说似乎该是一个难以解决的难题。我眼皮子底下的那些，是由一种织物或紊乱的苔藓，坚韧的小树枝或长长的植物纤维组成的。与其说是织成的，不如说是集成的，是把一种材料持续不断地用力推挤和塞进另一种材料里。混合材料的黏合，这种辛苦费力的艺术，单靠喙和爪是不够的。实际上，工具便是鸟自身的躯体——它的胸，它用胸挤压材料，直到使之完全服帖，然后将其掺和并固定到整个巢上去。而鸟巢的内部则是用鸟的躯体赋予的。它在里面不停地转，把四面的墙朝后推，最终做成了这个圆圈。于是，房子，便是它本身，是它的外形和它即时付出的努力的结晶，我要说，是它的痛苦。靠胸一再地、不停地挤压成这成果。这一根根草，被胸部、心脏挤压过数千次只为形成并保持弯曲。在挤压的过程中，还要承受呼吸紊乱心跳加快的辛苦。

四足动物的居所则完全是另一回事。它生来就是披毛的，根本不需要巢？因此，那些筑巢或挖洞的，多半是为自己干，而不是为了后代。旱獭便是挖斜面地道的熟练的矿工，那地道使其免遭寒风的袭击。松鼠会用灵巧的手竖起美丽的小塔，为自己遮雨。河狸是善于对付困境的大工程师，能预见到河水上涨，会给自己建上好几层。所有这一切全都是为了他们自己，而鸟筑巢则是为了全家。它原本自由自在地生活在稀疏的枝叶下，充当着敌人的目标，可它一旦有了伴，潜藏着的母性，便使它成了艺术家。巢，便是爱情的产物。

因此，艺术作品标志着不凡的意志力、还有持久的激情。尤其是这一种，你更能感受到这一点。它和我们的艺术作品不同，是没有事先制订计划的，使工作得以持续地、有规律地进行。在此，计划就在艺术家身上。主意一旦拿定，就算没有构思，框架和支持物，飞船也会一个部件一个部件地造起来，哪个部件都不会打乱了整体。一切都可随时添加，而且是十分相称和协的。工具匮乏，需要做出辛苦的努力，把材料集中起来，再用胸部的挤压，把它们黏合起来。在这种情况下，事情的难度，可想而知。雌鸟并不相信公鸟能胜任这一切，可还是把它当提供者使用，让它去找材料，草呀，苔藓呀，根茎呀，或嫩枝等等。当房子建成了，涉及内部布置，涉及床呀，家具呀，就变成了一个浩大的工程。想想，这床得接受一个极易着凉的蛋，而蛋不论哪个位置受凉，都可能造成雏鸟的某个肢体坏死。这小家伙出生时是光秃秃的，母亲则紧紧用腹部贴着它，腹部是不会怕冷的，可是背，背还光着呢，只好用床取暖。当母亲的在这方面特别小心，且特别不放心，以致很难满意。当父亲的送来了马鬃，可是太硬了，只能铺在下面，当作弹性的床绷。它又送来了大麻，可是太凉了。只有丝绸和某些植物的丝一般的绒毛、棉花或羊毛才行，最好是用它自己的羽毛、绒毛，把它们拔下来，放在乳鸟身下。看雄鸟找材料是很有趣的，它找起来很熟练，却又偷偷摸摸的：它怕人用目光追随它，会跟踪它走哪条路线就能找到它的巢。往往，假如你注视它，为了误导你，它会改变路线。上百种高明地偷来的东西将满足雌鸟的愿望。它会为了收集羊毛跟随小羊羔；它会在鸡窝里捡从母鸡身上掉下来的鸡毛；它会大胆地窥探，挡风棚檐下的农妇是否会把她的线球或纺纱杆上的卷羊毛放下一小会，然后便会叼着棉线，满载而回。

　　收集鸟巢是近来的事，因而藏品数量不多，类型也不丰富。然而鲁昂的藏品是以其内部格局见长，而巴黎的藏品中有好几种很好玩的样品，从这些藏品中已经可以看出，筑造鸟巢这种杰作运用了多少不同的技艺。鸟巢是怎么发展和逐步改进的？这并不是指从一种技艺到另一种技艺（比如说从砖瓦工到编织工），而是指在每一种技艺中所达到的程度，这得看鸟类的智力状况、处理材料的难易程度以及气候条件。

那些鸟类矿工，比如企鹅、海雀，它们的后代一出世便会跳入海中，所以它们只要挖个坑就行了。而蜂虎、海燕，它们得哺育自己的后代，便在地底下挖了一个固定的住所，比例非常得当，带有几分几何学的味道。为了让雏鸟觉得土地那么厚，所以它们加以布置，在里面铺上柔软的材料。

而那些鸟类泥瓦工，像红鹳，为了把自己的蛋和被淹的土地隔开方便自己那双长腿站着孵化，它用泥垒成棱锥体，所以，它仅满足于完成一个很粗糙的作品。这还只是个普通工。真正的泥瓦工是燕子，它把自己的房子吊在人类的房子上。这类东西中的奇迹，也许要数斑鸫的令人惊异的纸板制品了。它的巢，被葡萄树遮蔽着，很容易受潮，于是外面裹上苔藓。这样混在青枝绿叶里就能躲过敌人一双双眼睛。再看看里面吧：这简直是一个令人赞叹的高脚杯，它干净、光滑、闪闪发亮，丝毫不亚于玻璃，敌人能在上面照出人影来。

这是融建筑、细木工和木雕为一体被视为森林所特有的一种朴拙的艺术。鹡鸰在这方面所作的尝试是不成巧的。它的喙虽大，可惜乏力而不厚实，因而它只能凿凿生虫的树。相对而言啄木鸟的工具却比较好，这我们前面已经具体讲到了，所以它更能干：它是真正的木匠，当爱情来临时，它又成了雕刻家。

箴工、织工这一行当可谓种类繁多，而干这一行的鸟类也不计其数。要了解它们的起点、发展和清楚地弄明白这种多样化极欲的技艺，那可就得花很多时间了。

岸边的鸟类就已经会编织了，可惜不太熟练。它们为什么要做这些呢？大自然给予了它们油质、几乎渗水的羽毛。所以它们对生活场所不那么重视。它们的主要专长是捕猎因此挑食，食量小，所以总是吃素。

鹭、鹳的编织非常简单，在这方面，林中箴匠松鸦、嘲鸫、棕鸟、灰雀，却已有所超越。它们的家庭成员较多，所以它们的工作量相对也较大。它们先制一个粗糙的底，再在上面安一个漂亮的筐，即一个用植物的根和小块木柴连得很紧的编织物。扇尾莺把三根芦苇精致地缠绕在一起，而芦苇的叶子则被夹在里面，形成既能够活动又安全的底面，而它就随着这底面起伏。山雀把它的线袋状摇篮的一面吊起来，让风轻晃它的全家。

金丝雀、金翅鸟、燕雀都是熟练的制毡工。如它们提防心强，会在已完成的活计上，巧妙地粘上白色地衣，而上面的斑点令迷惑寻找者。寻找者常将这掩饰得极好的可爱的鸟巢当成了青枝绿叶上的畸变，一种偶然出现的自然物。

粘连和黏合也在鸟类编织的工作中起着重要作用。蜂鸟用树胶加固它的小房子，其余大部分鸟则用唾液。有几种鸟类在爱情的启迪下用它们的器官来进行编织美丽于人工技术。一种美洲椋鸟能用喙非常灵巧地缝合树叶。

几种熟练的编织鸟，它们不仅仅满足于用喙，还用上了脚。经纱一旦准备好，它们就用脚踩住，而喙则把纬纱嵌入。它们成了名不虚传的织布工人。

总之，它们够灵巧的，甚至灵巧得让人惊讶，可是它们缺少工具。它们特别不适合干它们非干不可的活。相比之下，大部分昆虫都装备齐全，它们有出色的工具。它们是真正的工人，并且天生如此。鸟只是在爱情的召唤下当上一阵子而已。

# 鸟　城

我越想，就越发现，鸟也不像昆虫：昆虫是一种成批动物。它是大自然的诗人，是最独立的生灵，其生活杰出而高尚，充满危险，总之是很缺乏保护的。

让我们走进美洲的原始森林，观察一下离群索居的生灵所创造或拥有的安全措施。让我们来把鸟的本领，其天才的努力，和同它生活在一场所的邻居或人的发明比较一下。它们之间的区别给鸟增光。人的发明几乎是攻击性的，印第安人发明了棍棒、割带毛头兽皮的石刀，而鸟只发明了巢。

论整洁、温暖和漂亮，鸟在各方面都胜于印第安人和黑人的小屋。在非洲，黑人的小屋经常因时间久远而形成空洞的猴面包树。黑人还不知道有门。他的屋子是敞开的，为了对付野兽的夜袭，他只是用荆棘堵住入口。

鸟类也同样不会关闭巢。那它如何来防卫呢？一个重要而恐怖的问题。

它把入口做得狭小而曲折。如果它选择一个自然巢，即利用一棵树的空洞，那么它只要操起纯熟的泥瓦工手艺，把入口缩小。

好几种鸟，像面包师，会筑一个两居室的双重巢。在放床的凹室，母亲孵化；在前厅，父亲保卫。这绝不敷衍了事的哨兵随时准备打退敌人的入侵。

有多少敌人要提防呀! 蛇、人类或猴子，还有松鼠，还有鸟类自己。这一族也有自己的窃贼。邻居们偶尔会帮助弱者收回财产，用武力赶走不老实的窃取者。有人保证，秃鼻乌鸦（小嘴乌鸦的一种）的正义感会有更充分的体现。有的年轻夫妇为了早点成家，不惜去偷别人巢里的材料、家具。秃鼻乌鸦们不会放过这类家伙。它们十个八个地团结起来，把罪犯的巢捣得破碎，彻底摧毁它们的贼窝。受到惩处的小偷们不得不另立门户，飞往远处去筑巢。

这难道不是一种财产所有权和神圣的劳动权的观念吗？

到哪儿去找保证？怎样来建立一种公共秩序？真想知道鸟类是怎样解决问题的。

可能有两种解决办法：第一种是联合，就组织一个政府，把力量集中起来，能把弱者的聚集变成一种防卫力量；第二种，（奇妙乎？荒谬乎？虚构乎？）实现阿里斯托芬的飞城，建一个这样的住所：因其轻盈灵巧能防笨重的空中强盗，而地面强盗，猎人、蛇又无法接近。这似乎难办的两件事，鸟类都办到了。

君主制度是低级试验，先联合后政府。猴子每群都有一个领头王；同样，鸟类处于险境时也会追随一个首领。

食蚁鸟，天堂鸟都有王。霸鹟，勇敢非凡、顽强不屈的小型鸟，用自己的藏身处来掩护较大的鸟类，因而它们信赖地追随它。有人担保，高贵的鹰是不捕食某些鸟类的，它压抑了对鸟类的幻想的本能，让一些怯弱而信赖其仁慈的家庭在它的周围筑巢。

不过最可靠的联合是实力相当者的联合。鸵鸟、企鹅等鸟类因此而联合在一起。好几种为了旅行而集聚的鸟，迁移时便形成了临时共和国。大家知道鹤和鹳能和谐共处，它们的共和政体具有严肃性，而它们的战略战术则天衣无缝。其他的，因为个体较小，防御能力较差，况且处在残酷而多产的大自然不断为它们产生恐怖的敌人的形势下，因而他们的住所都相互挨着不敢分开，然而却不会混淆，在一个共同的屋顶下分室而居，形成真正的鸟群。

帕特森的描绘像是难以相信的，勒瓦扬却证实了，在非洲找到这种奇特的城邦，并对它作过研究、剖析。《鸟类建筑学》一书中的木刻画让我们能更好地理解他的叙述。画上是把大伞安放在大树上，它那公共屋顶下有三百套住房。勒瓦扬说：

> 我叫几个人把它带来了，他们把它放在一辆大车上。我用斧子把它劈开，结果发现，这其实是一堆博斯曼草，不掺杂任何其他东西，可编得非常紧，雨是透不进去的。这堆草只是建筑物的框架，每只鸟都在公共亭下为自己筑一个私巢。巢仅占据屋顶的边缘，上面部分是空的，可也并不是没用的，因为升得比其余部分高，使得整个建筑具有足够的倾斜度，就这样保护了每套小住房。总之，请想象一下，一个不规则的斜面大屋顶，其内部边缘布满了一个紧挨一个的鸟巢，这个奇特的建筑物是什么样，这下就可以有一个正确的概念了。
>
> 每个巢直径有三四英寸（9 厘米左右），这对鸟来说足够了。可是，因为它们是围着屋顶一个个相互接触的，所以看上去就像是一个整体，而它们只是被一个小小的开口分隔。这个开口充当着巢的入口，而且，经常是一个开口为三个巢共用，一个开口在底部，其余两个在侧面。有三百二十个巢，假如每个巢住一对夫妇的话，共有六百四十个居民；对此你可以表示怀疑。不过，我每次对着一大群鸟开枪，杀死的雄鸟和雌鸟的数目总是相等的。

珍贵的榜样！值得效仿！……我相信，这些可怜的小生灵的友爱精神就足以起到保证作用了，它们的数量和声音有时能令敌人张皇失措，使妖怪惶惶不安，改道而行。可是假如它执意不走，假如它恃其鳞片状皮肤，而对叫声听而不闻，侵略鸟城，而这时，小生灵们又羽毛未丰，飞不了，那么只能当牺牲者了。

余下的是阿里斯托芬的观点，空中城，就是与土地、水脱离，在空中建城。

这是天才之举。为了实现此举，必须要有两种奇迹的力量，爱和恐惧。

当你血液凝固是最强烈的恐惧：假如你朝一个树洞里张望，而一条冰冷的蛇抬起黑扁的脑袋，冲着你的脸咝咝作响，这时，即使作为人，作为强者，也不能不颤抖。

何况是没有防卫能力，在自己的巢里被逮住，却无法使用自己翅膀的小生灵，那就更得瑟瑟发抖，惊慌万分了！

空中城是在蟒蛇出没的地区发现的。

非洲的旱季遍地都可见蟒蛇的身影。而在亚洲，在孟买的炎热的河岸上，在柠檬发酵的森林里，它们大量繁殖、发育成长、充满毒汁。在摩鹿加，它们多不胜数。

菲律宾大嘴鸟的灵感因此而生。大嘴鸟，便是这位大艺术家的名字。

它在紧靠水边的地方选一根竹子。在这棵树的树枝上，它巧妙地吊上一些植物的纤维。首先，它知道巢有多重，所以不会出错。然后，它在植物纤维上固定一些相当硬的草（没有任何依托，是空中作业）。这活费时又累人，必须要有足够耐心和极大的勇气。只有一个前厅，就好像一个吊在水上的十二到十五英尺（4米左右）的圆筒，开口在下面，因此得自下而上往里进。上面像一个葫芦或一个鼓起的口袋，总体上如化学家的曲颈瓶。有时，五六百个相同的巢就吊在一棵树上。

这就是我所谓的空中城，不像阿里斯托芬的那种，是在想象中虚构的，而是确实实现的，它符合三个条件：一是在水边河畔，所以很安全；二是开口狭小而猛禽野兽进不去；进去得自下而上，十分费力。

哥伦布曾向众人提出，看谁能使鸡蛋在桌上站住。当时有个人对他说，您或许也会对建空中城的乖巧的鸟儿说，即你会对它说："这简单得很。"如同哥伦布，鸟儿的回答将是："你怎么想不出来呢？"

# 训　练

瞧，巢筑好了，母亲想方设法，对其采取了一切慎重的保护措施。它停在已完成的作品上，想象着明天它将要包容的新客人。

在这伟大的时刻，我们难道不应该想一想，思考一下，这颗母亲的心容纳着什么呢？

一颗灵魂？我们敢说这灵活的建筑师，这温柔的母亲，有一颗灵魂吗？

有好多人——他们是很敏感、很富有同情心的——都会大惊小怪地排斥这个非常自然的念头，将其视为一种无耻的假设。

他们的感情使他们萌发了这个念头，而他们所受的教育，却使他们远离之，而下面的观点他们早就从思想上接受了。

动物不过是些机器，是机械的木偶，或者说，如果人们以为在它们身上能看到了一点敏感性和理性，这也纯粹是本能的反应。但本能又是什么呢？我不知道什么叫第六感觉，这东西是无法解释的，可它们生来就具备，而不是靠后天取得的；是一种盲目的力量在发挥作用，建成和做成上千种灵活的东西，而它们自己却并未顿悟到。另外，它们个人的活动在其中起到了肯定的作用。

假如是这样，这本能便是毫无变化的东西，它们的作品也将是原封不动的，不论是时间还是环境都无法使之多样多彩的。

冷漠、分心、繁忙的人，没时间来调察，会口头上接受这种观点。为什么不？乍一看，动物的此类行为，甚至此类作品，似乎差不多是规则的，要作出其他判断，需要多加用心，多花时间，多作研究，而这种事情不值得这么做。

先把这争论放一放，来看东西本身。让我们举一个最平凡的个别的例子，让我们靠自己的眼睛，靠自己的观察，而观察是每个人凭着最普通的感觉都可以做到的。

请准许我在这里老老实实地提供一份日记，是关于我那叫戎基叶的金丝雀。因为日记是从它第一个孩子一出生，便开始一个小时一个小时地记的，所以非常精确，总之，是真正的出生证。

首先应该说，戎基叶是在笼子里出世的，并没有见过筑巢。我一看到它因为要当母亲而寝食难安，便经常把笼门打开，让它在居室里自在活动，并收集所需要的床上用品。它果真收集了，可不知怎么使用。它把它们集中起来，在笼子的角落里推挤和黏合。很明显，它先天并不具有建筑技能（完全与人一样），鸟若没学过这个，是不会的。

我给了它一个现成的巢，至少是一个能做建筑物框架和墙的小筐。它就做了褥子，并用毡子把四壁衬上。然后就孵蛋，孵了十六天，表现出了令人难以置信的坚定、热忱和虔诚，而这一切均来自母爱。这孵蛋的位置非常劳累，可它每天仅离开几分钟，还必须在雄鸟来代替时。

第十六天中午，蛋壳裂成两半，只能看见巢里有没毛的小翅膀和小脚在爬，有某种东西在尽力从膜中完全脱出。身体是一个圆圆的大肚子，就像一个皮球。母亲呢，眼睛睁得大大的，脖子伸得长长的，翅膀战栗着，从小筐边凝视着孩子，也凝视着我，像是在说："别靠近！"

除了翅膀和脑袋上有几根长长的绒毛，它全身都是光秃秃的。

第一天，它只给它点水喝，但它已经会张开喙了，而那喙，显然也很懂事了。

不断地，为了让它更好地呼吸，它会离开一会，然后又把它放在翅膀底下，轻轻地轻抚它。

第二天，它吃东西了，是嚼食，一点尽心制作的、清淡的海绿，先由父亲送来，然后由母亲接过，它便小声地叫着递过去。很可能这不是食物，而是泻药。

一旦孩子一得到所需要的东西，它就让父亲飞来飞去，算是放它的假。可孩子一有需要，母亲就用它最温柔的声音叫唤奶爸，而奶爸把嘴装得满满的，匆匆赶来，把食物递给它。

第五天，眼睛不那么鼓了；第五天早晨，羽毛开始长出来，背部的颜色变深了；第六天，孩子会睁眼了，当你唤它时，它也开始咿咿呀呀学说话了。父亲试着自己来喂食。母亲度假了，并常常外出。它也常常停落在巢边，爱恋地凝视着自己的孩子，孩子一旦骚动，感觉到有活动的需求。可怜的母亲！用不了多长时间，它就会想要从你身边溜走的。

这是第一阶段的基本生活训练，这种生活只是被动的，而第二阶段的训练（是主动的，即飞行训练），我后面会谈到。在这两种训练中，有一点是明显可见的，时时都可看出来的，那就是，一切都谨慎地适应最不可预料的东西，即本质上是会变的东西，即适合孩子个人的力量。食物的数量、质量以及制作方法，保暖、抚摸、清洁等方面的问题，全都处理得非常巧妙，连那些因情况而不同的细节都注意到了。这些，甚至最细心、最有预见性的女性，都是难以到的。

它看着自己亲爱的小宝贝时，心在狂烈地跳动，眼睛在闪闪发光，见此情景，我不禁说道："我守在儿子的摇篮边时，不也是这样的吗？"

啊，如果这是机器，那我自己又是什么？有谁能证明我是一个人呢？如果那躯体里没有一颗灵魂，有谁能向我担保我就有一颗人类的灵魂呢？那么要相信什么呢？假如我应当从一些明显是最理性、最周密的思考而且也是最个体化的行为中得出这样的结论：使生活和思想运行的，只是无理性的、机械的、木偶式的东西，即某种钟摆式的东西，那么世界不就只有是一个梦，一个幻景！

请注意，我们是在对一个被俘的生灵进行研究，它是在无法避免的、住所和食物都是特殊的情况下完成上述行为的。可是，假如这一切都发生在自由自在的森林里，在那儿，它不用考虑当俘虏时情况，那它的行为显然会有更多的选择、更多的个人意愿和思考。我特殊想到它们对安全问题的操心，对鸟类来说，这在野外生活中可能是第一位的，它比任何东西都更能对它不凡的自由起作用，并实验之。

在继这生活的启示——我刚才已举了这方面的例子——之后，就是我称之为职业训练的启蒙，而每种鸟，都有一种职业。

训练的辛苦程度，要根据每种鸟所处的环境和情况而定。捕鱼训练，比方说，对企鹅来说是相对简单的，它步伐不大矫健，领小家伙下海是相当有难度的，它的大奶妈在等着它，已经为它准备好了食物，它只要张嘴就行。而对鸭子来说，这种训练就相对复杂了。今年夏天，在诺曼底的一个池塘里，我观察了一只雌鸭，它给一群小鸭子上第一课。乳鸭们聚集在一起，一副不满足的样子，只求活命。听到它们的叫声，母亲听从地潜入水底，抓来一条泥鳅或一条小鱼，然后平均分配，从不给同一只小鸭子连续分两次食。

这画面中最感人之处在于，虽然母亲的胃可能也是空着的，可它没给自己留任何东西，似乎以奉献为乐。它显然在聚精会神地引导全家像它那样做，像它那样英勇地钻进水里去捕食，它用近乎温柔的声音，督促大家拿出勇气和信心来做这个动作。我很幸运看到小鸭子一个接一个地，可能是哆哆嗦嗦地钻进黑黢黢的水底。训练这才结束。

这种简单的训练属于低等职业方面的。接下来要讲的是技能训练，即飞行技能、唱歌技能和建筑技能。鸟类歌唱家的训练是最复杂不过的。父亲的锲而不舍、小家伙们的遵从听话，都非常值得佩服。

这种训练超出了家庭范畴。年纪尚轻、歌技欠佳的夜莺、燕雀，会在高手身边倾听和自我提高，那鸟儿是人们给它们作为老师了。在俄国的宫殿里，人们对夜莺的鸣唱有一种东方式的雅兴，有时能看到这类学校。把关着夜莺大师的笼子挂在大厅中央，周围是它的弟子们，它们各自在自己的笼子里。为了让它们来聆听和上课，每小时得花很多钱。大师教唱前，它们之间先叽叽喳喳地问候一番，彼此问好并相互辨认。可是当那权威博士霸道地一声喊叫——声音好似自一口优质钢钟——大家便安静下来。只见它们一个个恭恭敬敬地聆听，然后便羞羞答答地重复。大师很热情，回到主要的唱段上加以纠正、而且态度很平和。有几位鼓起勇气，在几个和得顺利的音上，试图与那唱得极好的旋律保持一致。

如此高难度、多变和复杂的训练，难道是来自机器，来自处于本能状态的、无理性的动物的吗？谁还能否认这其中有颗灵魂呢？

让我们睁开眼睛看着事实吧，偏见，抛开已知的、约定俗成的东西吧。根据某种大家都赞同的偏见、某种教义，把灵魂归还给动物，是会侵犯上帝的，这样做是不可以的。相比制造机器、创造人、创造灵魂和意志，上帝不知要伟大多少倍！

放弃骄傲吧，承认自身一贫如洗，承认动物的虔诚灵魂是会使人脸红的亲戚吧。它们是谁？是你的兄弟。

它们是谁？是一些还只具有生存能力的灵魂，它们正在谋求更周到和谐的生活，而这样的生活，人的灵魂已经达到了。

它们能否达到？如何达到？上帝把这些秘密留给了自己。

有一点是毫无疑问的，那就是他在号召它们也往更高处攀登。

它们——并非暗喻——是大自然的幼子，上帝的婴儿，它们在试着靠他的阳光来行动、思索，它们在探索，可是慢慢地，会走得更远。

　　　　哦，可怜的孩子！你凌乱的
　　　　思路尚未理清……

的确，是孩子的灵魂，可是远比人类孩子的灵魂要来得温柔、谦虚、耐心。它们大部分是忠厚、默然地忍受着（比如我们的马）低劣的待遇，忍受着鞭打和伤害！它们全都会承受疾病，承受死亡。它们会走到一旁去，用沉默伪装自己，躺倒并躲藏起来。这温和的态度常常成为它们最有效的药物。否则，它们就接受命运，如睡着般死去。

它们也如我们一样在爱吗？最胆怯的那些，为了维护自己的子女和家庭，会骤然变得很英勇，当你看到这种情景时，又怎么能怀疑呢？人为了自己孩子而不怕牺牲的精神，你每天都可在霸鹟、椋鸟身上找到，它们不仅顽强抵抗鹰，而且还气愤而英勇地追赶它。

一样惴惴不安，一样给予鼓励，举例子呀，出谋划策呀，采取保护措施呀，心里其实是很担忧、很害怕的……"放心吧，再简单不过了。"事实上，这两位母亲的心都在发抖。

训练课是很有意思的。母亲展翅起飞了：它专心地看着，也稍稍抬起了身子。然后，只见母亲在飞来飞去：它边看，边扇动着翅膀……所有这一切在巢里进行得都还顺利……可是要想鼓起勇气飞出去，难度就来了。母亲呼唤孩子，给它看某个诱人的小猎物，答应事后奖励它，母亲试图用小飞虫做诱饵把它引出来。

小家伙还在犹豫着。将心比心为它想想吧。这不是在房间里，在母亲和奶妈之间学步，跌倒了有垫子接着。这教堂大燕呀，是在钟楼顶上授第一堂飞行课，在这重要的时刻，它在很卖力地给儿子鼓劲，可能也是在给自己鼓劲。我敢保证，母子俩多次地目测深渊、注视马路……我不妨声明，对于我来说，这场面是壮观感人的。它得相信自己的母亲，母亲也得相信儿子的翅膀是稚嫩的……上帝要求两方面都表现出信任和勇气来。高尚而杰出的起点！……可是它相信了，它飞出去了，而且不会再掉下来了。它惴惴不安地飘荡着，天空中慈善的微风在托着它，母亲安心的叫声在支持着它……一切都结束了……从今后，它将从容不迫地在风雨中飞翔，因为这第一次考验，这靠信任而完成的飞行，已使它变得顽强英勇。

# 夜　莺

著名的布道场，如今是圣日耳曼市场，众所皆知，每逢星期天这里又成了巴黎的鸟市。这是一个有着很多名称的让人感到好奇的地方。这是一个不停更新的大型动物园，法国的鸟类学家感兴趣的流动博物馆。

另一方面，像这样一种拍卖俘虏来的活的生灵——其中许多都感觉到自己的俘虏身份——的方式，令人间接地想象到东方市场，想象到人类奴隶的拍卖。在那里，商人展现并出售它们，根据机智程度的不同给它们定价。带翅膀的奴隶，虽不懂我们的语言，却仍然明确地表达出奴隶的思想。一些是生下来便如此，故而一副屈服的样子；另一些忧郁而沉默，总是向往自由。有几只好像在向你打招呼，想拦住过路人，求得一个好主人。有多少回，我们看到一只聪明的金翅鸟、一只可爱的红喉雀哀伤地望着我们，其目光就是在说："买我吧！"

今年夏天的一个星期天，我们去逛了那个鸟市。这将使我们终生难忘。市场并不丰富，更谈不上动听：变声和沉默期已经开始了。但我们一样被个别几只鸟的憨态攫住了，并对它们产生了强烈的兴趣。鸣声、羽毛，鸟的这两大属性，常常吸引住了人们，阻碍人们去观察生动而独特的表意动作。只有一种，美洲嘲鸫，它具有喜剧演员的天才，其所有的歌唱，都是用一种模仿来实现的，这种模仿完全符合它们的性格，而且常常是很有讽刺性的。我们这里的鸟没有这种天才，可它们以意味深长并往往是悲壮的动作，平实而下意识地表述了脑海中闪过的东西。

那天，鸟市皇后是一只黑头莺，作为价格昂贵的艺术鸟，它被独置于货架上，并在其他鸟笼之上，犹如一款无可比拟的首饰。它来回飞舞，轻盈而可爱。它身上的一切都是高雅的。因为在笼子里接受了长期的训练，它好像无所遗憾，只能给人以甜蜜和幸福之感。很明显，这是个奇妙无比的生灵，鸣唱和动作是那样的协调，以致看到它动，就仿佛听见了它唱。

在较低处，在低得多的地方，在一个窄窄的笼子里，有只稍大一些的鸟，因为被很不人道的方式关着，给人以一种奇怪的、截然不同的印象。这是我见过的第一只盲眼的燕雀。没有比这景象更让人心痛的了。得有一种对一切悠扬的声音都一窍不通的本性，得有一颗不寻常的灵魂，才可能用这样的眼睛来换取这位牺牲者的鸣唱。它焦虑不安、起劲卖力的态度，在我看来，使它的歌声变得很忧伤。最糟的是，它像是具有人性：它使人联想起近视眼者和后天失明者经常做的转头和难看的肩膀动作。这鸟绝不是先天就失明的。它总是使劲地向左歪脑袋，用那双空荡荡的眼睛，寻找着阳光。而这个歪脑袋的动作，已成了一种抽搐。脖子像是要缩进肩膀似的，而且膨胀着，似乎是为了从中获取更多的力量。脖子是扭着的，肩膀有点驼。这不幸变形了的歌唱高手，因那股不可制止的、追逐阳光的力量变得高尚了，它总是往高处去找寻，总是到无形的、已保留在脑海里的太阳中去获得它的歌，但它的形象是难看卑微的，那是沦为奴隶的艺术家的形象。

这种鸟是不大可训练的，它用一种纯铜般的、美妙的音色，反复唱着它的老家树林里的歌，带着它出生地的特别的音调：有多少不同的地区，就有多少燕雀的方言土语。它忠实于自己，它只歌唱它的故乡，而且是用同一个音符，可感情是强烈的，好胜心也是非比寻常的。若是让它面对一个对手，它会接连八百次地重复这个音符，有时甚至会重复至死。我一点都不奇怪，比利时人会热情地赞扬这唱家乡曲的英雄，他们会给阿尔登山脉森林赛歌的歌手，颁发奖金、桂冠，甚至凯旋门，以表扬这种为取胜而不惜付出生命的崇高的献身精神。

在比燕雀所在的位置，一个小小的、简陋的笼子里，夹杂地关着六七只大小不一的鸟，捕鸟者指给我看一名囚犯，他要不说我是认不出的，原来那是一只幼小的夜莺，是当天早晨捕到的。那捕鸟者以惯用的伎俩，把可怜的俘虏放在一群小奴隶当中，只见它们一个个兴致勃勃，而且已经完全习惯了囚禁生活。这是一群小鹡鸰，是最近在笼里出生的。他计划得很好：观看鸟儿天真无邪的童年时代的游戏，有时候能解除巨大的痛苦。

而这一位的痛苦显然是巨大的、无限的，比我们用泪水来表达的每一种痛苦更能打动人。它远远地待着，躲藏在暗影里，笼子深处，蹲在一个小食盆里，羽毛微微竖起，身子因而变得膨胀，眼睛紧闭着，如果被撞着也不睁开。那些活泼的小家伙做嬉闹、冒失的游戏时，经常彼此推搡，撞到它身上。很明显，它既不愿看，也不愿听，不愿吃，不愿被安慰。这自觉自愿的黑暗——这我能感觉到——在它那痛彻心扉的痛苦里，是一种为了使自己死亡而作出的努力，是一种成心的自杀。它在从精神上拥抱死亡，不顾一切，以感官和一切身体动作的停止来求死。

请注意，在这种态度里，一点没有仇恨、痛苦和愤怒，一点没有能使人联想到它的邻居、固执的燕雀的身份，那位的态度则是在用力，它是那么疯狂，那么心神不宁。而这位，甚至那些天真可爱的幼鸟偶尔扑到它身上，都不会引起它丝毫不耐烦的表示。它显然在说："都已经不存在了，还有什么关系呢？"尽管它眼睛没睁开，我还是发现了，我感觉到了一颗艺术家的灵魂，感觉到了用以对付野蛮的世界和残酷的命运的一切温柔、一切阳光，其中毫无刻毒和残忍。这便是它赖以活着的东西，正因为这样，它没有死去。虽然它极度哀伤，但它在自身找到了强有效的、为本性所固有的补药：心中的阳光——歌。这几个字，说出了夜莺的语言所深藏意思。

我清楚，它没有死去，因为即使在那时，尽管它不愿活，尽管它想死，可它还坚持唱。它的心在唱着那无声的歌，而那歌，我彻底听到了：

自由！……给我自由吧！我在为它哭泣！

我想不到会在那儿又找到这支歌，原来，它是由另一张嘴（它再也不会张开了）唱出的，而且已经咬伤了我的心，在那儿形成了一个无法复原的伤口。

我问看守，能不能买下它。那奸诈的人回答说，它太小了，不能卖，它自己还不会吃食呢。显然不是那样的，因为它不是当年出生的，可是他要等到冬天卖，到那时，等它的声音好起来了，好卖个高价。像这种出生时是自由的夜莺，是真正的夜莺，其价值与笼生的相差甚远。它唱起来也迥然不同，因为它曾经自由，见识过大自然，它向往它们。大艺术家的才能最优秀的部分，是痛苦……

艺术家！我前面说过该词，而我现在并不想优秀。这并不是想象事物的类比和比喻，不，这是事物本身。

我觉得，在有翅族里，夜莺不是首先得到"艺术家"这一称号的，而它是最适合这一称号的。

为什么？因为只有它是创造者，只有它在改变、丰富、充实自己的歌，在里面增加新的内容。只有它，是根据自身来达到自我丰富、自我变化的，另外的则是通过训练和模仿。只有它，在概括它们，把它们全部包括进去：它们当中每一个，优秀者中的每一个，都表演了一段夜莺之歌。

只有一种鸟能与它站在一起，于朴实和单纯之中，达到了卓越的效果，这就是云雀，太阳之女。而夜莺也是很需要从阳光中获得灵感的，甚至，它即使被关起来，孤零零的，被剥夺了爱，而只要有阳光，就能够使它鸣唱。让它在黑暗中待上一阵，接着突然让它回到白昼，它会异常兴奋，大唱赞歌。不过它们彼此也有所不同：云雀不歌唱黑夜，它没有小夜曲，没有和各种大夜景的和谐，没有黑暗的深沉的诗意，午夜的深沉肃穆，黎明前的变幻，总之，没有那变幻无穷的诗。这诗以其所有的曲折和变化，向我们表现了一颗伟大而充满柔情的心。云雀有抒情的天赋，而夜莺却有史诗，有悲剧，有内心的挣扎，所以会产生了一种异样的阳光。在深深的黑暗中，它能在自己的灵魂和爱情中发现，有时候，仿佛还超出了个人的爱情，进入了博爱的世界。

怎么能不称它为艺术家呢？它具有最高级阶段的艺术家的内涵，而处在这个层面的人类，却鲜有这种气质。这气质中所概括的一切，优点、缺点，在它身上都尤其丰富。它是孤僻、胆怯、多疑的，可一点不诡诈。它想不到自己的安全，总是独来独往。它嫉妒性很强，与燕雀一样争强好胜。"它会唱得筋疲力尽。"一位史学家说。它孤芳自赏，特别是在有回音的地方定居，好聆听和回答。它尤为神经质，在被囚禁时，它有时白天长睡不醒，做噩梦，有时挣扎、熬夜、乱奔乱跑。它易患神经病，易患癫痫。

它是友好的，又是残忍的。我再说明一下，对待弱小者它很善良：给它孤儿它会抚养、疼爱。不管对小的还是老的，它都会供食，认真照料，好像雌鸟所为。再有它对待猎物也是特别粗暴的，吃起来狼吞虎咽，一副贪婪相。它身上有内火，因此它总是很瘦，并总是感到有更新的需要。这便是它轻易让人逮住的根源。只要在四月，特别是五月的早晨布下圈套就行了，这种时候，由于整夜整夜地唱，它已经没有力气了。黎明时分，它疲惫不堪、虚弱无力、急于进食，于是它不顾一切地扑向诱饵。另外，它也是特别好奇的，为了目睹新东西，它也会过来让人逮住。

只要被逮住，如果不仔细捆住它的翅膀，或确切来说是不认真把笼子蒙上，顶上用棉垫等衬上，那它就会使出恐怖的蛮劲来胡乱折腾，但愿一死。但这种狂暴只是表面的，其实它是温柔而乖巧的，正因为这样，它才能达到如此的高度，真正成为艺术家。它不仅是最有灵感的，而且也是最有可塑性的。

看着小家伙们围着父亲认真聆听，从中获益，形成自己的嗓子，慢慢地改正自己的不对，纠正初学者的生涩，柔化它们稚嫩的声音，就像看戏一般。

可看它自我训练、自我评判、自我提高，聆听自己唱新的东西，又不知要有趣多少！这股执著、严肃劲儿，源于对艺术的尊重和崇拜，是艺术家的道德观，是它的神奇之处，这使它出类拔萃，绝不会混同于骄傲的即兴演唱者，后者随意的叽喳声，只不过是大自然的回音而已。

所以，爱情和阳光也许便是它的起点了，可是，能恍忽看见并能深刻感受到的艺术本身和对美的热爱。艺术家根本的伟大之处在于，超越自己的目标，做的比自己想要做的更多，而且——那又完全是另一回事——跨越目标，超出可能做到的事，再看得更远些。

由此而产生出巨大的痛苦，产生出永不枯竭的悲伤之源，产生出哀悼不幸的既崇高而又可笑之事，因为那些痛苦是它自己从未遇到过的。另外的鸟儿对此吃惊不已，有时会问它怎么啦，为何忧愁。它虽然自由快乐地生活在自己的世界里，却依然会这样回答：

给我自由吧，我在为它哭泣！

那是我的囚禁者在哀伤中所唱的。

# 夜莺续篇

沉默期对夜莺来说并不是一无所获的：它沉思、遐想，孕育新歌。其中有听来的，也有它自己创作的。它对这些歌认真修改和提高，它在这方面是很有天赋的。对业余的歌手唱走调的音，它用和谐、巧妙的异音去代替；对人家教给它的、它当时没有跟唱的不和谐的曲子，它便再现它，不过已彻底是属于它自己的、适合它自己才能的了，随即成了一首夜莺曲。

"坚持，"一位专业而天真的作者说，"假如幼鸟不愿跟着你学唱而总是啁啾的话，它很快就会让你发现，它并没有对秋天和冬天上的课失去记忆，漫漫长夜好琢磨，到了春天，它会想起来的。"

在冬天，跟着关在黑笼子里的夜莺，是很有趣的。笼子用绿毯子蒙着，可以让它的眼睛产生一点错觉，令它想起自己的森林。从 12 月起，它就开始激昂地表达它的梦想，高谈阔论，用感人的音符表现在它脑海里闪过的景象，描绘眼前没有的、爱过的东西。大概它忘记了自己未能迁移，感觉自己到了非洲或叙利亚，到了一个有着更明媚的太阳的地方。也许它发现了它——太阳；它发现玫瑰又开放了，用波斯诗人的描述，它又开始对遥远的爱情唱起了赞歌：哦，太阳，哦，大海，哦，玫瑰！……（吕克特）

而我，我会天真地认为，这高尚而哀伤的、调门这么高的歌，不是别的，而只是它自己：它的爱情和战斗生活，它夜莺的悲剧。它看见了树林，看见了爱过的、使树林更美的东西；它看见了自己灵活而动人的身姿和飞行生活的上千种神情，那是我们的生活所不能感知的。它对它说，而它回答它；它肩负两个角色，响亮的雄性大嗓门的腔的，是温柔而细腻的叫声。还有什么？我相信，它那开心的生活，温馨、亲切的巢——仿佛它的天空般的可怜的小房子——又出现在它眼前了。它感觉自己身临其境，它闭上眼睛，感受这幻觉。蛋破壳出雏了，圣诞节的惊喜出现了，是它的儿子，未来的夜莺，已经长大了，而且鸣声动听。在它那昏暗的笼子的黑夜里，它痴迷地听着它儿子的未来的歌。

全部这一切，当然，都是带着一种朦胧的诗意，其中有阻碍、争斗来阻隔情侣的约会。世上的所有幸福都不是纯粹的。第三者出现了，囚禁者独自在悲愤和生气，它显然在对付无形的敌人，另一位，出现在它脑子里的卑鄙的情敌。

这一幕发生在它身上，就像发生在春天，那时，雄鸟又回来了，是在三月和四月左右，雌鸟到来之前，它们决定在它们之间布置争风吃醋的大决斗。等雌鸟一回来，全部就应当风平浪静，太平无事，只有爱情、友谊、和平。这场决斗持续了两周，一旦雌鸟回来晚了，那么赛歌彼此的努力便是致命的。罗兰的故事一丝不差地实现了：他吹他的象牙号角，一直吹到浑身无力、生命完结。它们也一样，一直唱到最后一口气，唱到死，它们想要胜利，不然就死。

有人坦言，情郎比情女要多两三倍，如果这是真的，那么这场残酷的竞争之激烈便不言而预。这也许正是最初的闪光，也是它们天赋的奥秘所在。

战败者的结果是可怕的，比死还不如。它得走，离开这里，去和低级鸟类一起生活，得从唱歌沦为说土语，得自我忘却，自我贬低，在平庸的群体中使自己也平庸化，这样，慢慢地，它就再不会说本来的语言了，也不会说它们的，总之是任何语言都不会说了。偶尔，你会找到这类流放者，它们已是徒具其形了。

情敌倒是逐走了，可别的都还没干呢。得取悦对方，软化对方。这真是一个不容错过的机会，新歌悦耳的感召将收服这颗小小的桀骜不驯的心，让它为爱情而无视自由！在其他鸟类中，雌鸟安排的考试项目是，帮着挖巢或建巢，表明自己是有能力，能把家放在心上的。效果有时非常好。正如我们前面所见，啄木鸟由工人转成了艺术家，由木匠变成了雕刻家。可是，唉！夜莺可没这么灵活，它什么都不会干。最小的小型鸟各方面都要比它灵巧很多。它只有歌喉，那就让它用吧，它的才能将在这方面体现出来，而它在这方面是无法遏制的。其他的鸟类可以展示它们的杰作，可夜莺的杰作，则是它本人：它展示自己，表现自己，它以至高无上的形象出现。

在这肃静的时刻，我只要听到它唱，就总是感到，它不仅一定会触动它的心，而且能转变它，升华它，使它变得高尚，传给它一个崇高的梦，在它身上植入一个令人陶醉的梦，即一只杰出的夜莺，它将是它们爱情的产物。

这便是它的孕育，它孕育情人的天赋，使它富有诗意，协同它在精神上为自己创造出它即将孕育的。一切的胚芽首先是一种概念。

让我们来总结一下。迄今为止，共有三种歌：

赛歌剧，其中顺序地表现气恼、骄傲、对抗、醋性大发时的疯狂等情绪。

求爱歌，是深情的恳求，可是其中有骄傲、不耐烦、近乎蛮横的姿态，显然，天才为自己还没有被对方认可而感到惊讶，为对方迟迟不接受而感到生气，并对此有所抱怨，可是瞬间又用恭敬的态度来哀求了。

最后是胜利歌，我是成功者，我是被爱者，国王，上帝，唯一的……

造物主……这最后一个词概括了强烈的生命和爱情，因为，特别是它在创造，在反映和折射它的天赋，在改变它，以至于它身上的任何一个动作、任何一丝局促不安、任何一次翅膀的颤抖，对它来说都已只是它的格调，这格调，在这喜人的恩赐中，已变得很显然了。

　　巢呀，蛋呀，后代呀，就是这样来的。所有这一切都是实现了的、赤裸裸的歌。这就是为什么在神圣的孵化工作期间，它分秒都不离去。它并不在巢里待着，而是停在旁边的一棵稍高的树枝上。它明白，隔开一段距离，嗓子会产生更大的功效。从这个高高的树枝上，万能的魔法师继续在迷惑和丰富巢，它以歌、心、柔情和坚强，在参与这个伟大的事情，它仍在孕育。

　　就在这种时候，应该听它唱，听它在自己的世界里唱，与这股授精的力量一起振奋，而这股力量也许恰恰能展现伟大的上帝，能让藏匿着的、躲着我们的他，在这世上被发现。我们每前进一步，他就在我们面前后退一步，而科学只是把他用来躲避的遮蔽物拿开一点而已。"他过去了，"摩西说，"我是从背后发现他的。""那过去的不是他吗，"林奈说，"我从侧面发现他了。"而我，我闭上了眼睛，我是用一颗兴奋的心来感触它的，我感到它从我身上滑过去了，那是在一个被夜莺的歌喉变得沉醉的夜晚。

　　靠近吧，这是一个情人；走开吧，这是一位神。旋律，在这儿是优美的，是在热烈地触动感官；在那儿，则由于微风的作用而在扩大、增强。这忠心的歌，充斥了整个森林。在这里，它关系到巢、情人和即将出世的儿子。可是在远处，就不是这个情人了，也不是儿子了，而是大自然，是母亲和女儿，是不变的情人。这是广阔的爱，它是代表万物在爱，在弘扬，这是感动，是感恩，是感谢，它们在天地间被万物传递着。

孩子，我在我们南部的乡村，在星光闪耀的美好夜晚，在我父亲的老屋附近，就已经感受到这些了。接着，我又有了更深的触动，特别是在南特附近，在以前提到的那个偏僻的果园里。夜晚不那么光明了，被蒙上了一层微温的薄雾，透过它，星星在小心地抛着媚眼。有几只夜莺在这里筑巢，地点很开放，就在我的雪松之下，长春花之中。它是午夜前后开始的，一直持续到天亮。能够独自熬夜，使自己的声音回荡在这万籁俱静的空间，它觉得幸福，显然还觉得骄傲。没人阻止它，除了快到早晨，公鸡，这另一个世界的、对才子们的歌感到陌生却又准点上岗的公鸡，感到自己有必要仔细报时，以告诉那位劳动者。

另一位坚持了没多久，一如朱丽叶对罗密欧："不，还没到天亮呢。"

它就把巢筑在我们旁边，这表明，它全然不怕我们，它觉得非常安全。就这点而言，在两位忙于工作又非常仁慈的隐修士旁边，对它来说，并不亚于在多歌、多梦的有翅膀的隐修士旁边。我们可以无所顾忌地看它或和全家一起飞来飞去，或和一位高傲的邻居用歌比赛，那位有时会前来找茬。时间长了，我认为，我们对它来说大概是变得讨人喜欢了，像是忠实的听众，业余爱好者，或许还是行家。夜莺需要重视、喝彩和赞许。它显然很重视人类专心致志的耳朵，很懂得他的夸奖。

我又看见它在我旁边，离我至多有十步或十五步，它蹦跳着，跟着我走，保持着一样的距离，既让我够不着它，又让我可以听见并欣赏它。

它见了你身上穿的衣服，绝不是不当回事的。我观察到，鸟类通常不喜欢，而且怕黑色。我就随意地穿略带淡紫色的白色，头戴一顶带着几朵矢车菊的草帽。我见它偶尔用格外有神的黑眼睛望着我，目光显得小心、温和而又有点骄傲，仿佛是在说："我是自由的，而且有翅膀，你奈何不了我。可我愿为你歌唱。"

在孵化期，会有不小的雷雨。有一次，雷电就落在我们旁边。什么情景也比不上这一时刻来临时的情景鲜活：空气稀少，鱼儿都浮上来透气，花儿枯萎了，一切都在承担痛苦，都在哭泣。我明明看到，它也是这样。从它那像我一样憋闷的胸脯里，发出了一声沙哑的叹息，听起来就像一声粗暴的狂吼。

可狂风骤起，直往我们的树林里呼啸，最大的那些树都被刮弯了，有的刮断了。那悲惨的巢怎么样了？它除了长春花的叶子，别无阻拦。它幸免了，因为，随着太阳的出来，我在纯净的空气里发现我的鸟儿比什么时候都开心，它在飞，而心中充满了歌。全部有翅族都在歌颂阳光，可它则特别起劲。它的喇叭嗓子又重现了。我发现它在我窗户底下，目光有神而胸脯鼓着，正陶醉在欣喜之中，而我的胸脯也由于这同一种幸福在颤动。

灵魂之间这种美妙的和谐，可谓无处不有。怎么不是呢？它存在于我们彼此之间，存在于人类和活生生的大自然之间。

# 结  论

在我正要写本书的尾声时，我们优秀的大师到了。图斯奈勒给我带来了一只夜莺。来这之前，他在大打其猎，而现在正是秋猎期。

我以前请他帮我出主意，帮助我挑选一只会唱歌的夜莺。他没写信，亲自来了。他没给我出主意，而是寻找，真的找到了，于是送给我，实现了我的梦……无可厚非，这便是友情。

欢迎你，鸟儿，为了把你带来的那双珍惜的手，也为了你自己，为了你崇高的缪斯，那永驻你身的天赋！

你可以为我唱歌吗？可以用你那爱情与和平的力量，抚慰一颗被残酷的人类史困扰的心吗？

这是全家的一件大事，我们把悲哀的俘虏艺术家放在窗洞里，用窗帘罩上。这样子，它既是独住的，又是群居的，便可渐渐习惯它的新主人，适应新环境，看出自己是在一幢没有危险、友善的房子里。

这客厅里没有别的鸟儿。不幸的是，我那放肆的红喉雀闯进了这间屋，而它通常是在我的书房里无拘无束地飞来飞去的。对此我们并不很忧虑，何况它整个白天见到别的鸟儿，像金丝雀、灰雀、金翅鸟，都是无所谓的。可是一看到夜莺，真叫人不敢相信，它竟然会生气之极。这易怒而无畏的家伙，也不看看它愤怒的对象是否比自己要大上两倍，就用喙和爪子向笼子发起攻击，企图消灭对方。这时，夜莺不停发出恐惧的叫声，声音痛苦而沙哑，它这是在呼救。另一位虽然被金属条阻止了，可是却停在很靠近的位置，爪子攀住一幅画的框架，吱吱地鸣叫着，噼啪作响（只有这个平庸的词能刻画出尖刻而细小的叫声），用目光攻击对方。它一字一顿地说："歌王啊，你来干什么？在树林里，你那霸道、有磁性的嗓音，让我们大家都唱不成歌，哼不成小调，你的歌声充满了整个旷野，这难道还不够吗？你还要到这里来抢走我给自己创造的新生活，抢走这人工树林，而我全部冬天就在里面栖息，那书架的木板就是它的树枝，那些书，就是它的树叶！……你来夺走大家对我的重视，分享和窃取我主人的遐想和我女主人的笑容！……我多么痛苦啊！而我一向是受宠的呀！"

的确，红喉雀与人的关系已达到十分亲密的程度。一个漫长冬季的实践证明，它对人类社会的依赖，要远远超过对它的鸟类社会。我们出去时，它也和大鸟笼里的鸟儿一起聊会儿天，可我们一回来，它就离开它们，吃惊地来停在我们面前，和我们待在一起，好像在说："你们可回来了！你们去哪儿啦……怎么这么长时间扔下家不管？"

对红喉雀的进攻，我们很快就不记得了，可是，它那恐惧的受害者、可怜的夜莺也许没忘，它总是惶惶然地飞来飞去，而且怎么也不能使它平静下来。

这时，我们观察着不让任何人靠近它。它的女主人已对它实施了必要的照料。唯一能保证这火热的生命之炉的一种个别的混合饲料（血、大麻、罂粟），已仔细拌好。血和肉，是养料，大麻是麻醉草，而罂粟是中和麻醉功效的。夜莺是唯一必须时常注入睡眠和幻梦的鸟类。

可这一切都不管用。两三天过去了，它一直极度不安，因绝望而绝食。我伤心至极，追悔莫及。我本是一位自由的朋友，却有了一个囚犯，一个不能安慰的囚犯。要有一只属于自己的夜莺，我有了这个念头时，并不是毫无顾虑的，如果只是为了消遣，我肯定下不了这个决心。我很明白，光看到一名这样的囚犯，一名对被房极为敏感的囚犯，就会让你常常陷入痛苦。可是怎样释放它呢？奴隶问题是一切问题中最棘手的问题，专制者因不能补救而受到惩罚。我的俘虏在来我家之前，已在笼里关了两年，已不会飞，也没有了觅食的能力；它就是会飞会觅食，也无法再回到自由的鸟群中去了。在它们高贵的王国里，不论谁，只要当过奴隶，一旦在笼里待过，而又不死于忧伤，就会受到严厉的惩罚和处置。

我们以前是不可能轻易地放弃这种状况的，要不是有歌来协助的话。一支温柔、变化不大、隔着一定距离、特别是在傍晚时唱的歌，仿佛攫住、感染了它。只不过，你看它时，它不怎么聆听，而是心神不定；可你要是不看它，它就来到笼子边，伸出牡鹿般的长脖子（是一种迷人的鼠灰色），不时地竖起脑袋，身子一动不动，目光灵活、好奇、明显的贪婪，来品尝、感受这意想不到的美妙歌声，同时表现出一副苦思冥想、极其认真、真挚而挑剔的神情。

过了一会儿，它对食物也显得如此贪婪。它想活了，于是吃了罂粟、大麻……

女性的歌，图斯奈勒以前说过，是最令它开心的，不是漫不经心的少女唱的轻浮的小咏叹调，而是一种温暖的曲调。舒伯特的《小夜曲》对它有异样的效果。在这个充满柔情而又异常深沉的德国灵魂中，它仿佛感觉到并认出了自己。

可它的嗓子并没有复原。它在十二月，在被捉拿到这里来之前，就已经开始唱了，运送引起的躁动，地点、人物的变化，对新环境的忧虑，尤其是红喉雀凶残的致意和行凶，都令它过于胆战心惊。它现在安静下来了，不再抱怨我们，可是突然被打断了的缪斯仍在沉默，她要等到春天才会恢复。

现在，它应该知道了，唱歌的人根本不想伤害它，于是它接受了她，看起来就像接受了一只异样的夜莺。她能够毫无困难地接近它了，甚至能够把手伸进笼子。它很认真地看她想干什么，可是不再动。

我和它并没有结成音乐同盟，于是我很好奇地想清楚，它是否也会接受我。我没有表现出半点的急切和鲁莽，因为我明白，在某些时候，光是目光就能使它胆怯。于是我好长一段日子都埋头于古书和 14 世纪的文件中，不理会它。可它呢，当我独自一人时，会很好奇地盯着我。当然，它的女主人在场时，它会把我忘到脑后，于是我被忽视了。

就这样，它看到我时往往不再躁动，它把我当作一个无伤害性的、和平的、安静的生灵。火在壁炉里燃烧着，而在火旁的这个安静的读书人，当它最关注的那个人不在时，在静悄悄的、有些孤独的时间里，便成了它注视的目标。

昨天，我独自一人时，便勇敢地走近了它，对它说话，仿佛对红喉雀那样。它没有不安，没有表现出不安来，它在温和地等待，目光十分温柔。我看出，我们和解了，我被接受了。

今天早晨，我亲手把罂粟放进了笼子里，而它并不慌乱。有人会说："谁给吃的谁就受欢迎。"但我执意说明，我们的和约是昨天签订的，那时我还什么都没给，所以其中并没有任何利害关系。

就这样，在很短的时间内，最神经质的艺术家，最小心、最多疑的生灵，和人类合好了。

这真是一个有意思的证明，它证明了：我们和这些被我们称为低级动物的生灵之间，有着自然的和睦，有着先存的合约。

这个合约，这个不变的合约，目前无法被我们的粗暴、鲁莽和武力撕毁，而这些痛苦的小生灵还能轻而易举地回到这上头来，而我们自己也将回到这上头来，彻底成为人类。这正是这整本书希望得出的结论，也是在夜莺来到以后，我这个父亲被夜莺接受后，我要写的结论。

鸟儿这么轻易就原谅了我们，在这个事件中，鸟儿成了它自己的暴君，这就是我的赤裸裸的结论。

许多旅行家最初在人类从未到过的新地区登陆。他们回来后不约而同地报道说，动物，不论是哺乳类、两栖类，还是鸟类，都并不躲避他们，相反，许多是前来好奇而友善地观察他们，而他们却报以暴行。

就是在现在，人类虽然非常残忍地对待了它们，可它们在遇险时，依旧毫不犹豫地靠近他。

鸟类曾经的天敌是蛇，四足动物的天敌是老虎，而它们的保护者则是人类。

野狗很远就能闻到老虎和狮子的味道，于是跑来紧挨着我们。

对鸟类来说也是如此，当蛇令它感到恐惧时，当蛇特别是在威胁它的尚未长翅膀的小鸟时，它会找到最富有表现力的鸣叫来哀求人类，并向他致谢，假如他消灭其敌人的话。

这就是为什么蜂鸟愿意挨着人筑巢。也可能是出于同样的理由，在爬行动物繁殖力强的阶段，燕子习惯于住在我们家里。

一个基本的留意：鸟见了人会躲，而且恐惧人的手。人们通常把这种现象误认为是怀疑。其实，这种惧怕非常有道理了，一旦不复存在，鸟儿便成了一种特别神经质、特别脆弱、碰都碰不得的生灵。

我的红喉雀属于一种很坚强、很随便的鸟，它不停地接近我们，能多近就多近，说明它对自己的女主人毫无防范，可是只要落到手上，就会颤抖。轻抚它的羽毛，弄乱它被逮住时竖起的绒毛，都会让它非常反感。特别是看到那只手伸过来要抓它，它会本能地、不受控制地后退。

晚上，当它在外面呆着，迟迟不归笼时，它并不拒绝被放回去，但不是看着自己被抓，而是转过身去，躲在窗帘后面或藏在裙褶里。其实它很明白，它绝对会被抓住的。

所有这一切并不是怀疑。

驯化艺术是短暂的，如果总是想着动物被驯化后能对人有利益的话。

特别应当摆脱这样的思索：人是能够对动物有用的，人有责任将这个地球上全部的客人都吸引到一个更平静、更祥和、更高级的社会去。

我们目前尚处于蒙昧之中，所以我们几乎不清楚对动物来说有两种情景：绝对的自由和完全的受束缚。可是，有许多半束缚状态是动物自愿接受的。

人类为地球的利益所做的直接的奋斗，是绝对不能与人类生活的谦逊的助手毫无怨言的劳动相比的。

至于谈到被人们非常愚蠢地小看的家禽，当你看到埃及的孵化箱使许多只鸡蛋破壳出雏，或看到我们的诺曼底省用它们装满了大船、商船，而这些船只经常都要路过芒什海峡，你就会关注"家庭经济的小计划是如何产生出奇异成果的"这一问题了。

假如法国没有马，而某人给了她马，像这样的收获，对她来说要胜过获得莱茵省、比利时和萨瓦省，光马就值三个王国。

目前，有这样一种动物，光它自己就能代表许多动物，它有它们所有的用途，而且它产一种无与伦比的毛。这种动物勤奋、身强力壮，耐寒力极强。你知道了，我是在讲羊驼。若弗鲁瓦·圣蒂莱尔先生努力把它引进到了这里，其坚持不懈的精神极为让人赞扬。一切都好像协手起来反对他：凡尔赛宫美丽的羊驼群因遭算计谋害而死亡，植物园的那一群因场地原因也面临死亡。

征服羊驼比征服克里米亚更为重要。

可是，又一次地，这类引进需要金钱上的大方、预防措施的完善、训练时的亲切态度，我们说，这些条件是不容易同时具备的。

在此，我要讲明：事情虽小，但意义很大。

一位并非学者的大作家贝尔纳丹·德·圣皮埃尔以前说过，在引进动物的同时，如果不把它非常有好感的植物栽到它身边，那么引进必然失败。此话像其他的意见一样，学者们听了不置可否，并将其称之为诗。

不过，他倒是被视为知识丰富的业余爱好者，而且名副其实，因为，他在这里，在巴黎，珍藏了一批活鸟。可无论他怎么悉心照料，到手的一只珍稀雌鹦鹉一直固执地不肯生育。他听说到它筑巢所用的植物，便求人从勒阿弗尔港给他送来。他没有得到活的，只得到了一段无枝无叶的枯木而已。不要紧，在这段空心树干里，鸟儿找到了它以往的位置，便自然地在里面筑起了巢。它恋爱了，并成了家。它下蛋了，并孵化了。目前，它已儿女成群。

重新创造居住和觅食环境、植物围栏、全部鸟类之间的和谐，这能够哄骗流放者，令它不去回忆故乡，这不仅仅是科学范畴的事，同时也是一种发明创造。

清楚每种生灵可以接受的自由和受束缚的限度，与我们合作的限度，这是能使人类感兴趣的最重大的课题之一。

这是一门无精神上的深化便不能深入的新兴门类，一种刚刚起步的高雅、敏锐的鉴赏。而它的出现，也许要有赖于女性对科学活动的人加入，但迄今为止，她仍被排除在外。

这门艺术意味着，除了公平和智慧，还要有宽广的爱心。